Luigi Molinari

Il dramma della Comune

Texte et illustration de couverture : © domaine public
Edition : Culturea (Hérault, 34)
Contact : infos@culturea.fr
Retrouvez notre catalogue sur http://culturea.fr
Imprimé en Allemagne par Books on Demand
Design typographique : Derek Murphy
Layout : Reedsy (https://reedsy.com/)

Dépôt légal : janvier 2023

ISBN : 9791041845606

PARTE I.

IL PROLOGO
dal 4 Settembre 1870 al 16 Marzo 1871

Le condizioni della Francia

4 settembre 1870.

«La sera della vigilia si era conosciuto il più terribile disastro che possa colpire un popolo, (Sédan): si era visto con certezza l'impressionante realtà di un assedio diventato imminente: eravamo caduti, sotto questo colpo di mazza, sino in fondo all'abisso e c'eravamo coricati disperati. L'indomani, era una domenica, giorno di festa per il popolo parigino. Un magnifico sole risplendeva nel cielo, e gli occhi si beavano nella luce e nel calore di una di quelle prime giornate d'autunno, che in Francia sono tanto belle. Sembrava che tutte le nere visioni della notte fossero dileguate allo spuntare di quell'incantevole mattino. Il popolo di Parigi era disceso tutto sui *boulevards*, ove la folla si pigiava in lunghe ondate sull'uno o sull'altro marciapiede. L'allegria era dipinta su tutti i visi: si chiaccherava si rideva; ad ogni momento dei battaglioni della guardia nazionale, gli uni armati, gli altri senz'armi, passavano cantando sulla strada. Essi si interrompevano per gridare di tanto in tanto: «Viva la Repubblica!» ed immense acclamazioni rispondevano loro: «Viva la Repubblica!» Ben presto si sparse la voce che essa era stata ufficialmente proclamata al Palazzo legislativo.»

Così Francesco Sarcey, pubblicista, testimone ed autore del volume *L'Assedio di Parigi*. Fu il funerale dell'impero e l'aurora della Terza Repubblica!

Ecco per la storia i nomi dei ministri del nuovo governo repubblicano: Arago, Crémieux, Jules Favres, Jules Ferry, Gambetta, Garnier-Pagès, Glais-Bizoin, Pelletan, Picard, Rochefort, Jules Simon. Capo il generale Trochu già governatore di Parigi.

Parigi confidava nella Repubblica come in im Dio! Dopo Sèdan, Parigi pensava ancora alla marcia trionfale su Berlino ed alla indennità d'imporre ai Prussiani!

Però si provvide ad immagazzinare derrate, a fortificare Parigi, a ricostruire un'armata, ad organizzare la Milizia Mobile, a completare i battaglioni della Guardia Nazionale; a tener alto il morale del popolo pensavano i giornalisti... Si provvide a far saltare i ponti e distruggere strade per impedir l'avanzata su Parigi dei Prussiani. Ma Guglielmo poteva scrivere: «I Francesi hanno un gran torto di seminare tante rovine sul nostro passaggio; la nostra marcia non si arresta di un'ora!». – «La città aveva conservato tutte le sue apparenze di gaiezza rumorosa: le botteghe, alla sera scintillavano di luce, e i caffè rigurgitavano di consumatori». — Il 19 settembre al mattino Parigi si trovò separata dal mondo! Si cominciava a parlare di una possibile pace specialmente dopo il disgraziato episodio di Châtillon, ma appunto allora sa cominciò anche l'agitazione per la guerra e la resistenza ad oltranza! La borghesia cominciava a trovarsi all'inferno, tra i prussiani da un lato e gli oltranzisti dall'altro!

Autun, 27 dicembre 1870.

...La condizione della Francia, come è ritratta dal pessimismo, sembra fosca, anzi disperata.

Eppure non è così, questo paese è tutt'altro che sconfortato. Esso non fu rovesciato da Sèdan, da Metz, nè da tutte le turpitudini bonapartesche e pretesche, e quand'anche l'eroica sua capitale fosse obbligata a cedere, dopo una settimana di sgomento la nazione ripiglierebbe alteramente la maschia risoluzione di resistere ad oltranza.

Stiano pur tranquilli i nostri amici, qui non v'è sconforto, qui non v'è penuria d'armi, di munizioni,

3

d'uomini e su questi quattro quinti del territorio della repubblica non calpestato dall'invasore, esistono dei mezzi di resistenza inesauribili.

Qui pure esistono in gran numero gli scarafaggi, contrari naturalmente alla repubblica, che facendo causa comune con tutta quella scabbia, che si chiama bonapartismo, legittimismo, ecc., tutta nera famiglia più o meno nociva e codarda, riassume l'infame sua vita nell'adorazione del ventre. Tutta questa genia però fa il suo conto senza l'oste: essa crede nell'efficacia della corruzione e dello sconforto che semina a piene mani, ma s'inganna. In questa popolazione ingannata, ma buona, esiste bensì una parte della ciurmaglia anzidetta; ma il fondo è buono, è generoso, e vi basti ch'essi apprezzano al decuplo i nostri piccoli servizi a loro ed al santo principio che professano.

Sì! La parte generosa e cavalleresca di questa Nazione la porterà a non piegare il ginocchio davanti allo straniero giammai, e starebbe fresco colui che s'attentasse di proporre una pace vergognosa.

Gli eserciti prussiani, che fecero sfumare davanti a loro gli eserciti imperiali, con una celerità quasi magica, oggi sono titubanti davanti a questi *sans-culottes* del 1870 e nelle odierne accanitissime battaglie già la differenza di bravura è poca tra gli agguerriti soldati di Guglielmo ed i giovani militi della Repubblica. Ciò nelle battaglie; negli scontri parziali non è difficile vedere forti colonne nemiche davanti a pochi franchi tiratori cedere il terreno.

La Francia ha due milioni di uomini sotto le armi, ed un terzo milione che si sta armando. Le sue ricchezze sono immense, e basta vedere questo splendido paese per persuadersene. L'entusiasmo nazionale va progredendo in ragione diretta della durata dell'occupazione straniera, dei soprusi e degli oltraggi ricevuti. Vedete dunque, mio caro, che possono i nostri nemici rintuzzar la gioia già dipinta sui loro volti e cercare di mettersi bene con Dio.

Mio caro amico, non avrei mai creduto, nella mia povera vita, poter giungere quasi alla fine, e servire ancora fra i generosi la santissima causa della Repubblica e ne vado superbo. — Vostro G. Garibaldi.

Digione, 11 gennaio 1871.

Mio caro Fabrizi.

Grazie per la vostra del 1 gennaio, in cui mi date delle vostre sempre care nuove.

La situazione della Francia è tutt'altro di ciò che vogliono dipingerla i pessimisti interessati.

La sventura ha ritemprato il morale di questo popolo, e vi assicuro che non vi è sconforto, ma entusiasmo crescente ogni giorno. Gli armati sono innumerevoli; e credo oggi siano i pochi i capaci di portare le armi che restino inermi.

Il numero ed il morale dei nemici è certamente scemato; e ne abbiamo la prova quasi ogni giorno nei piccoli scontri tra i nostri franchi tiratori ed i distaccamenti prussiani.

Lo stato ghiacciato delle strade paralizza massime la loro cavalleria, formidabile al principio della guerra; ed i movimenti delle loro artiglierie sono resi difficilissimi per lo stesso motivo.

Restano ai nemici 569 battaglioni d'infanteria, molto scemati di forza numerica, e che non credo allontanarmi del vero asserendo che di poco possono passare i 300.000 uomini.

Ora dovendo stringere l'immensa periferia di Parigi, tener testa ai numerosi eserciti della Repubblica, ed ai numerosissimi franchi-tiratori, sparsi su tutta la superficie della Francia, voi vedete non essere brillante qui la situazione di re Guglielmo.

4

La Francia poi oltre ai dipartimenti occupati dal nemico è ricchissima; ed a chi ha assistito all'assedio di nove anni sullo scoglio di Montevideo sembra qui nuotare nell'abbondanza.

Vi auguro salute, un caro ricordo agli amici e sono con affetto Vostro *G. Garibaldi.*

Al General U. Fabrizi, deputato — Modena.

Talant, 22 gennaio, ore 6,15.

Visêe due giorni di battaglia, due vittorie 21 e 22; Dijon è sempre nostro, il nemico fu respinto fino a Saint-Seine; perdite gravi, i nostri battaglioni sono splendidi. Scriverò i particolari.

BIZZONI.

e Garibaldi telegrafa al giornale   *Il Movimento.*

Djion, 22, ore 4.50 antim.

Oggi combattimento meno serio di quello di ieri, ma più decisivo che obbligò il nemico alla ritirata inseguito questa sera dai nostri franchi tiratori.

G. GARIBALDI.

Gazzettino Rosa, Milano.

Vilan (Djion), 22, ore 23.55.

Oggi 23 altro accanito combattimento. Il nemico è stato respinto. La quarta brigata dei franchi tiratori comandati da Ricciotti prese la bandiera del 61.° regg. prussiano. Condotta delle nostre truppe splendida.

Seguono lettere annuncianti la morte di Imbriani Giorgio e la grave ferita di Giuseppe Cavallotti.

BIZZONI.

Ordine del giorno di Garibaldi

Ogni giorno i valorosi nostri franchi tiratori presentano alla Repubblica nuovi trofei, in attesa che noi tutti possiamo dividere, come impazientemente desideriamo, le loro gloriose fatiche. — Giovani soldati della santa causa della Repubblica, insegnerete ai vostri nemici quale sia la differenza tra lo schiavo di un despota ed il campione della libertà. I temuti soldati del re di Prussia, già si fieri contro un tiranno, cominciano a cedere al cospetto dei nobili difensori del diritto e della giustizia. Gli è a voi generazione predestinata, che la sorte ha affidato l'incarico, non solo di spazzare la vostra bella patria dall'invasore, ma di stabilire su basi eterne i santi principi della libertà e della fratellanza delle nazioni, che venti secoli di sforzi delle passate generazioni non poterono ottenere, grazie alla tenace diabolica alleanza del tiranno e del prete. I sanguinosi disastri, or ora sofferti dalla Francia, sono una dura ma efficace lezione pel sibaritismo che i re volevano imporre al vostro paese. — Menzogna e corruzione ecco i simboli di quei malfattori.

La verità, e la giustizia sono scolpite sulle bandiere delle nostre giovani legioni, ed il sangue, le lagrime, la desolazione dei due grandi popoli ingannati hanno generato questa nuova êra, di cui la famiglia umana dimenticherà le pagine insanguinate, che col ferro e col turibolo vanno scrivendo l'impero e il rettile nero, che gli serve di piedestallo. Giunto presso che al fine della mia carriera sono fiero di combattere al vostro fianco per servire la più nobile delle cause, e mi affido al vostro valore pel compimento della vostra umanitaria missione.

G. GARIBALDI.

L'armistizio

Intanto i prussiani premono su Parigi. I giornali riconoscono i servigi di *Trochu,* ma domandano che la direzione militare sia cambiata. Una certa agitazione regna a Parigi, ma nessun sintomo di disordine. Dal 23 gennaio in poi *Favre* ha conferenze con Bismark a Versailles, il 27 le trattative relative alla capitolazione sono talmente avanzate da ritenersi quasi concluse. Il *Times* pubblica il seguente dispaccio del 27 sera: «Favre ritornò qui stamane con il generale Beaufort ed altri ufficiali. L'armistizio concluso deve eseguirsi immediatamente in tutta la Francia. Grande agitazione a Parigi.» Il 29 i capi delle truppe garibaldine rientrando in Digione trovano l'avviso di Favre che dà comunicazione di armistizio! (ciò recò grande dolore! Vedi G. R. 31 gennaio 1871). G. R. 2 febbraio: Leggesi nell'*Internationel* «Un dispaccio particolare, che ci si trasmette da Genova, ci apprende che il generale Garibaldi si dispone a ritornare il più presto possibile a Caprera.» — Crediamo che la notizia sia alquanto prematura. Tutti sanno che Garibaldi ha già esposto alla delegazione del Governo a Bordeaux le sue idee intorno ad un sistema di guerra ad oltranza che si sarebbe dovuto adattare dopo la caduta di Parigi; ora se son vere le manifestazioni bellicose delle popolazioni che il telegrafo ci annuncia, è poco probabile che Garibaldi si ritiri, mentre appunto è venuto il momento di tradurre in fatto il suo piano. Aggiungasi che notizie particolari giunte di Francia unanimi constatano la volontà ferma di non posare le armi e «partecipano che non è sospesa l'accettazione dei volontari.

(*Redazione del Gazzettino Rosa*).

L'assemblea dei deputati francesi è convocata a Bordeaux per il 15 febbraio. La Commissione municipale di Nizza offre la candidatura a Garibaldi che risponde così: «Io accetto la candidatura della mia città e vado altiero della scelta colla quale mi onora. — G. Garibaldi».

All'armi all'armi! Viva la Francia e la Repubblica una indivisibile! Così grida Gambetta nel suo proclama, così rispondono ad una voce i repubblicani francesi.... *Come finirà?;* Intanto l'armata di Garibaldi vittoriosa dovette evacuare Digione e ritirarsi su Macon.

Gazzettino Rosa, 5 febbraio 1871:

«...L'infamia, il tradimento, la vigliaccheria, l'ignominia hanno posto stabile dimora in quel disgraziato paese e tutti i frutti di queste gloriose opere sudate, tutto questo nobilissimo sangue versato, tutti questi tesori di costanza, di fede e di valore, andranno una altra volta perduti!... Uno sciame d'inetti, di codardi, di tristi, ha decisa la rovina della Francia e la rovina si deve compiere.

«Stipulano un armistizio che permette ai prussiani di far convergere tutti i loro conati, tutte le forze contro le disgraziate armate dei Vosgi e dell'Est, le uniche che finora abbiano tenuto testa alla loro preponderanza e non si curano neppure di darne avviso a Garibaldi», ecc. La condotta del governo di Parigi è tale che varca ogni confine e non v'ha gogna abbastanza infame, non v'ha patibolo abbastanza scellerato per punire gli iniqui traditori. Se la Francia non si commuove e non s'erge vendicatrice al suo onore; se non dà finalmente al mondo l'esempio solenne di una popolare giustizia, se non soddisfa ai sacrosanti doveri che le sono imposti, è perduta per sempre».

8 Febbraio: elezioni generali in tutta la Francia.

— Telegramma al giornale *Il Movimento*: «Bordeaux 13. — Garibaldi eletto a Parigi, Nizza, Savoia, Basso Reno, Digione, Algeria, è giunto oggi treno speciale».

— Da una lettera particolare del brigadiere *Stefano Canzio* al direttore del *Lombardo,* in data di

Bourg 11 febbraio: «...La guerra è impossibile. Il paese non la vuole. Perciò io tengo duro fino al 19 a mezzogiorno. Alla una se si menano le mani, *presente*; se no domando le mie dimissioni».

La famosa seduta di Bordeaux.

13 Febbraio.

...Garibaldi che si trovava accanto al deputato Esquiros, si toglie il cappello di feltro grigio, si alza, e domanda la parola. La curiosità è al colmo nella sala. Lo stupore e l'imbarazzo si manifestano nella Camera, di cui tutt'i membri sono in piedi. Molti deputati allora cominciano a far grida e rumore per impedire a Garibaldi di parlare. Numerose voci si fanno intendere. In mezzo al tumulto si distinguono le seguenti: — Voi insultate la maggioranza dell'assemblea, grida un deputato verso Garibaldi. La seduta è levata! In mezzo a quel tumulto Garibaldi se ne rimane in piedi silenzioso, impassibile, sebbene molti dei suoi colleghi gli facciano segno di sedersi. Il deputato Esquiros esclama con voce sdegnosa: — Un'assemblea francese non può rifiutare la «parola a Garibaldi. Il vostro dovere è di ascoltarlo. — Parlate! gridano alcune voci dalle tribune. Un giovane delegato del comitato di Marsiglia, che ha spesso preso la parola nelle riunioni pubbliche e che si trova in uno dei primi palchi del centro interpella l'assemblea con voce tuonante accompagnata da gesti di indignazione: — Assemblea dello smembramento nazionale! Assemblea rurale! Voi soffocate la voce dei patrioti, è un'infamia. Improvvisamente parte delle tribune alza il grido di: *Viva Garibaldi.*

— Egli parlerà noi vogliamo ch'egli parli! Gridano alcuni spettatori in abito di guardie nazionali i quali trovano immediatamente una viva approvazione nel pubblico.

Uno spettatore prende la parola e in una improvvisazione violenta accusa la nuova assemblea di «tradire il popolo, di essere un'onta per la Francia!» si intendono ad ogni istante le parole «traditori, vigliacchi» che sono come una sfida ai rappresentanti.

Nelle tribune superiori, numerosi spettatori, fra i quali delle guardie nazionali, gridano a squarciagola: Viva Garibaldi. La confusione è al colmo. I deputati in piedi e rivolti verso gli interruttori intimano loro di tacere e di rispettare l'assemblea. Il giovane tribuno di Marsiglia continua a gesticolare e ad apostrofare i deputati con una veemenza crescente: — Sì, dice egli, voi siete l'assemblea rurale! I rappresentanti dello smembramento della Francia! Voi tremate davanti a questa voce generosa! — *Viva Garibaldi!* gridano le duecento voci del centro. — Silenzio ai perturbatori! rispondono i deputati irritati. Che si faccia sgomberare la tribuna colla forza. Il tumulto diviene indescrivibile: in questo tempo Garibaldi sta sempre in piedi e silenzioso. Il signor Benoist d'Azy, decano d'età, ch'era uscito dalla sala, vi rientra vivamente col cappello in testa e con una voce che domina un istante le grida: — Si facciano sgomberare le tribune, esclama, e se occorre si impieghi la forza! — Il generale Le Flo, che aveva lasciato il suo banco sino dal principio del tumulto, fa chiamare il comandante del battaglione della guardia nazionale, e gli dà l'ordine di far sgombrare le tribune. Le guardie nazionali alle quali viene trasmesso l'ordine obbediscono con premura, e ben tosto le tribune sono interamente sgombrate. Non restano nella sala che i rappresentanti ed il generale Garibaldi sempre in piedi. Finalmente il generale abbandona la sala, e si dirige verso l'uscita dell'edificio, accompagnato da alcuni militari in uniforme d'uffiziali d'ordinanza, Esquiros ed il generale Bordone.

Intanto il popolo si era fermato nel vestibolo e nella grande scala per veder passare Garibaldi. Ben presto esso comparisce con un mantello grigio, appoggiato al braccio di due dei suoi aiutanti. Grida formidabili si fanno udire: Viva Garibaldi! Viva Garibaldi! I cappelli ed i kepi si agitano. Nessuno resta a capo coperto sul passaggio dei capo dei volontari. I deputati che escono dopo Garibaldi sono molto turbati. Violenti dispute si impegnano sulla scala fra coloro che prendono parte alla manifestazione e coloro che la disapprovano; Garibaldi scende lentamente la scala sorridendo a coloro che l'acclamano. Al di fuori lo aspettava una nuova ovazione. Appena egli si presentò alla porta, le grida di *Viva Garibaldi!* echeggiano sulla piazza del Gran Teatro.

Le guardie nazionali che sono di fazione uniscono i loro evviva a quelli della folla. Garibaldi monta con fatica in una carrozza che lo aspettava alla porta. I gruppi si stringono intorno alla carrozza. Il generale rivolge al popolo alcune parole. Quando la carrozza si è allontanata il generale Flo rimprovera gli ufficiali della guardia nazionale incaricati del servizio dell'assemblea. Intanto Garibaldi volgeva serenamente agli amici che gli stavano intorno queste memorabili parole: «Io ho sempre saputo distinguere la Francia monarchica, la Francia dei preti e la Francia repubblicana. Le due prime non meritano altro che d'essere esecrate, ma la Francia repubblicana merita tutto il nostro amore e tutto il nostro zelo. Fintanto che il popolo avrà da rimproverarsi d'aver dato i suoi voti a dei partitanti della monarchia e a dei preti, egli sarà ingannato, in preda alla miseria ed alla schiavitù. Ma lasciate che questa assemblea, dalla quale esco, duri più che sia possibile; è il mezzo più sicuro per screditare i partiti monarchici che essa rappresenta e per sollecitare il ritorno della sovranità popolare. *Viva la repubblica una e indivisibile!*

(*Le stragi di Parigi* — Milano 1871).

— Bordeaux 14 Febbraio. — «Garibaldi partì da Bordeaux iersera; (recasi a Caprera per Marsiglia».

— Bordeaux, 17 Febbraio. — Gli uffici dell'Assemblea esaminarono stamane la proposta per nominare Thiers capo del potere esecutivo. La maggioranza si pronunciò favorevole alla proposta».

Garibaldi salpa per Caprera.

— La mattina, del 10 partendo da Marsiglia alla folla numerosissima dice: «Cittadini di Marsiglia, non posso esprimervi tutta la mia gratitudine per la Vostra accoglienza, pei Vostri saluti e per le simpatie della città di Marsiglia in mio favore. – Non dimenticherò mai che la mia carriera cominciò pur tra Voi e che fui tanto fortunato, sul cadere d'una vita consacrata tutta alla indipendenza dei popoli, di poter mettere tutto ciò che mi rimane di energia, al servizio di questa bella Francia, mia patria di affezione. Se in un momento qualunque abbisognasse di una devozione assoluta per aiutarvi a conservare il più prezioso dei nostri voti, la Repubblica, voi non avreste che a volger lo sguardo al mio ricovero ed io accorrerei a mettere al servizio della nostra sublime causa gli ultimi battiti del mio cuore e gli estremi momenti della mia vita. Viva la repubblica universale!» — Aveva allora 62 anni!

Le prime ribellioni a Parigi.

27 Febbraio — (Ufficiale) — i preliminari di pace contengono la cessione dell'Alsazia, eccetto Belfort; la cessione della Lorena tedesca con Metz e la contribuzione dei 5 miliardi pagabili in tre anni.

Idem, Parigi. — Ieri sera grande agitazione — causa la voce dell'ingresso dei prussiani. Dappertutto si è battato a raccolta, la Guardia Nazionale si recò ai Campi Elisi e in diversi altri punti per respingere il nemico. — Nessun disordine. Stamane l'agitazione è ancor viva. Si assicura che tutti i quartieri occupati dai prussiani saranno circondati da barricate. Stanotte un gruppo di *esaltati* (!) invase Santa Pelagia, liberò il comandante della piazza e Brunet. Tutti i giornali consigliano a spopolare le case dinanzi all'ingresso dei prussiani.

1 Marzo — Bordeaux — L'assemblea votò la ratifica dei preliminari della pace con 546 sì contro 107 no.

27 Febbraio — Parigi — Un proclama di Thiers Favre e Picard fa appello al patriottismo degli abitanti di Parigi, dice che dipende da essi il salvare e perdere la Francia. Il governo ottenne nelle trattative ciò che era umanamente possibile, l'armistizio, non si è potuto prolungare che a condizione parziale od alla momentanea occupazione di alcuni quartieri di Parigi. Se la convenzione non fosse rispettata l'armistizio sarebbe rotto, il nemico occuperebbe tutta la città e i danni della guerra si

estenderebbero fino ai Pirenei.

La Guardia Nazionale e l'esercito assicureranno l'esecuzione del nuovo armistizio. Un ordine del giorno di Vinoy dice: La raccolta fu battuta senza ordine ed alcuni battaglioni ingannati presero le armi, ma l'immensa maggioranza della Guardia Nazionale, resistette agli eccitamenti.

28 Febbraio — L'agitazione calmasi, però persiste in alcuni sobborghi. Domattina alle 10 i tedeschi entreranno in Parigi. Il Governo prese le precauzioni per impedire che gli *esaltati* attacchino i tedeschi. La maggior parte dei Quartieri è calma ma in alcuni altri esistono sintomi inquietanti.

3 Marzo — Bordeaux. — Dimissioni di Rochefort, Ranc, Malon, Tridon.

Gazzettino Rosa — 5 Marzo 1871 — Commenta, profeticamente: La repubblica guidata da uomini sinceramente democratici sarebbe uscita vittoriosa, noi ne abbiamo ferma convincimento, della guerra che ha desolato la Francia. Gli uomini parlamentari della sinistra, gli avvocati, i falsi democratici, che ebbero in mano la somma delle cose in quello sventurato paese, furono i fattori della sua rovina. In Italia i Crispi, i Mondini e compagnia della sinistra parlamentare, turlupinerebbero nella stessa guisa il paese, quando esso si abbandonasse nelle loro mani, avide di potere, per rivendicarsi in libertà. O popolo diffida di coloro che ti disprezzano!

Disprezzano è rettorica! La verità è che i lupi divorano le pecore; il governo uscito dall'assemblea di Bordeaux fu il carnefice di oltre 50 mila uomini caduti per la gloria della *Comune*!

L'Internazionale e la Comune.

L'Associazione internazionale dei lavoratori, sorta per volere dei socialisti delle diverse nazionalità del mondo i di cui rappresentanti si trovarono riuniti a Londra all'Assemblea di Saint-Martin's Hall il giorno 28 settembre 1864, aveva già iniziato un serio lavoro di propaganda socialista rivoluzionaria e già erano stati tenuti i Congressi di Ginevra (1866), di Losanna (1867), di Bruxelles (1868), di Basilea (1869). Fin dal 1847 nel manifesto del comunisti redatto da Marx e da Engels erano fissati i concetti fondamentali che dovevano animare la Internazionale dei lavoratori: «i proletari non hanno patria» «la patria dei proletari è la loro classe, il proletariato universale; lo straniero, il nemico è: il capitalismo internazionale». E tali concetti erano accettati senza discussione, all'unanimità, dalle numerose Sezioni della Internazionale che già eran sorte o stavan sorgendo ancor prima dello scoppio della guerra franco-prussiano, nei centri maggiori d'Europa. Il fulmine della guerra ed il rapido evolversi di avvenimenti altrettanto tragici quanto radicali nei loro effetti, scossero gli internazionalisti che improvvisamente si trovarono balzati in un ambiente rivoluzionario nel quale bisognava agire immediatamente.

Carlo Marx da Londra lancia nel 9 settembre 1870 un appello alle Sezioni: «Che le Sezioni dell'Associazione Internazionale dei lavoratori, in ogni paese, eccitino all'azione le classi operaie. Se esse disertano il loro dovere, se esse rimangono passive, la terribile guerra attuale non sarà che il principio di lotte internazionali più micidiali ancora e condurrà in tutte le nazioni un nuovo trionfo del ricco, della spada, del latifondo, del capitale sul lavoratore! Viva la Repubblica!»

Subito dopo il 4 settembre il *Consiglio Federale parigino della Internazionale*, che aveva sua Sede alla Corderie du Temple in Parigi, fu immediatamente riorganizzato. Così la *Camera federale delle Società Operaie* che non aveva aderito alla Internazionale, ma che contava alla sua direzione non pochi Internazionalisti. Si costituisce in ciascuno dei venti circondari in cui era diviso Parigi un *Comitato di Vigilanza* e dai venti Comitati si forma il *Comitato Centrale repubblicano dei Venti circondari.* In questi Comitati gli Internazionalisti sono ben rappresentati.

Dalla Svizzera, *Michele Bakounine*, che già si era eretto gigante indomito di fronte agli autoritari Marxisti e che rappresentava l'ala di estrema sinistra nei congressi dell'Internazionale, scrive il 6 settembre al suo amico Adolfo Vogt: «I miei amici, i socialisti rivoluzionari di Lione, mi chiamano. Ho deciso di portarvi le mie vecchie ossa e di giuocarvi probabilmente la mia ultima partita». Il 14 settembre è a Lione. *Salvare la Francia per mezzo dell'anarchia!* Tale è il motto di Michele Bakounine.

La Federazione rivoluzionaria dei Comuni (lunedì 26 settembre - Lione) fece approvare dal popolo e diffuse un manifesto che porta la firma di Michele Bakounine. Eccolo:

«La situazione disastrosa nella quale si trova il paese; l'impotenza dei poteri ufficiali e l'indifferenza delle classi privilegiate hanno portato la nazione francese sull'orlo dell'abisso.

«Se il popolo organizzato rivoluzionariamente non si affretta di agire, il suo avvenire è perduto. La rivoluzione è perduta, tutto è perduto! Ispirandosi all'immensità del pericolo e considerando che l'azione disperata del popolo non può essere ritardata di un solo istante, i delegati dei Comitati federali della Svizzera della Francia, riuniti in Comitato Centrale propongono di adottare immediatamente le risoluzioni seguenti:

ARTICOLO PRIMO: La macchina amministrativa e governamentale dello Stato, divenuta impotente, è abolita. — Il popolo di Francia rientra nel pieno possesso di sè stesso.

ARTICOLO SECONDO: Tutti i Tribunali penali e civili sono sospesi e sostituiti dalla giustizia popolare.

ARTICOLO TERZO: I pagamenti delle imposte e delle ipoteche sono sospesi. L'imposta è sostituita dalle contribuzioni dei Comuni federati prelevate sulle classi ricche in proporzione ai bisogni della salvezza della Francia.

ARTICOLO QUARTO: Lo Stato, essendo decaduto, non potrà più intervenire per i pagamenti dei debiti privati.

ARTICOLO QUINTO: Le organizzazioni municipali esistenti sono destituite e rimpiazzate in tutti i comuni federati dai Comitati di Salute della Francia, che eserciteranno tutti i poteri sotto il controllo immediato del popolo.

ARTICOLO SESTO: Ogni Comitato di Capoluogo di dipartimento invierà due delegati per formare la Convenzione rivoluzionaria di Salute della Francia.

ARTICOLO SETTIMO: Questa Convenzione si riunirà immediatamente al Municipio di Lione, quale seconda città della Francia e la più adatta per provvedere energicamente alla difesa del paese.

— Questa Convenzione appoggiata dall'intero popolo, salverà la Francia.

ALLE ARMI!!!

(seguono le firme).

Il 28 il Comitato Rivoluzionario s'impossessa del Municipio di Lione, ma il consiglio efficace di Bakounine di arrestare immediatamente le autorità, non è messo in pratica, e così pure sono respinte le proposte dei veri rivoluzionari Di opporre la forza proletaria alla forza monturata! Si ebbe paura insomma, da una parte e dall'altra! Nel pomeriggio il Comitato Rivoluzionario cede il Campo al Consiglio Comunale che si riunisce nella stessa Sala. Bakounine arrestato, per qualche ora, vien presto liberato da una compagnia di franchi-tiratori pronti all'azione, ma il movimento rivoluzionario è abortito! — Bakounine col cuore pieno di tristezza, parte nascostamente da Lione per Marsiglia, e Carlo Marx da Londra non mancò di gettare il dileggio su questa disgraziata, ma coraggiosa, azione di

Bakounine!

Dirà l'avvenire se a torto od a ragione l'*abolizione dello Stato* voluta da Bakounine, nel breve momento di trionfo avuto a Lione, fosse o non fosse *un'asineria*, e sarà l'avvenire, speriamo non lontano, che giudicherà non solo il sistema autoritario di Marx ed il libertario di Bakounine, ma anche la grande ingenua fede dell'uno e la grande ambizione personale dell'altro.

A Marsiglia Bakounine, perseguitato dalle autorità repubblicane, che lo diffamano quale un agente prussiano, trova un nascondiglio, più tardi, coll'aiuto di fedeli amici, s'imbarca per Genova e ritorna a Locarno.

Anche Marsiglia ebbe il suo movimento per la Comune rivoluzionaria. Il 31 ottobre i lavoratori Marsigliesi occuparono la prefettura e proclamarono la Comune, ma gli intrighi e la forza dei reazionari ebbero il sopravvento e dopo pochi giorni l'Hotel de Ville veniva rioccupato dalla borghesia.

È incontestato che tanto in Parigi quanto nelle altre regioni della Francia l'*Internazionale dei lavoratori* ebbe una grande influenza sui movimenti rivoluzionari che prepararono l'evento della Comune parigina: ma è necessario convenire che la rivoluzione francese del 1870-71 è stata causata principalmente dall'infatuazione patriottica della nazione e sopratutto di Parigi. La natura stessa del francese, la sua educazione, la sua storia politica le recenti disfatte, il lungo assedio, concorsero a creare nella capitale di Francia quello stato psicologico che generò quasi direi spontaneamente lo scoppio di collera contro le autorità borghesi responsabili di tanti disastri.

Quando il popolo di Parigi, che aveva preso sul serio la superstizione patriottica, si vide tradito dai dominatori prima dell'Impero, poi della repubblica borghese di Thiers, non ebbe più freni e come torrente infuriato innondò, distrusse disperse quanti erano stati causa delle sue sventure. Dopo Sédan i popolani francesi non facevano che ripetere agli stranieri che portavano loro il soccorso morale e materiale della fratellanza universale «noi siamo traditi! noi siamo traditi!»

Gli è che l'idea della patria era divenuta per il popolo come una seconda religione, mentre per la borghesia rappresentava un affare. Il popolo era pronto a dare per la patria l'unico suo avere, la vita! Ma il borghese non volle dare per la patria nè la vita, nè la sua ricchezza! L'armistizio, la capitolazione, la pace, il popolo, che voleva vincere o morire, non poteva comprendere! La borghesia invece volle salvarsi e si salvò, passando sulla mutilazione della patria e sul cadavere del popolo massacrato dalle stesse sue armi fratricide a Parigi! Il popolo di Parigi si accorse ben tardi che i suoi nemici mortali non erano i prussiani, ma i Versagliesi e tutto il suo eroismo, che disciplinato contro gli eserciti teutonici avrebbe portato la Francia alla Vittoria, si infranse contro le vili falangi dei generali infingardi e deboli contro i prussiani, ma tenaci ed energici fino alla più assurda brutalità contro i parigini in rivolta.

La vittoria!

6 Marzo - Parigi — «La libera circolazione fra Parigi e provincie è ristabilita.... Sperasi la soluzione favorevole della situazione, anormale di alcuni quartieri di Parigi. Un affisso del Comitato Centrale repubblicano protesta, contro l'idea di turbare l'ordine. Si assicura che Favre andò a Versailles con un architetto per studiare la questione del trasferimento dell'Assemblea.

8 Marzo Bordeaux. — Nell'Assemblea Nazionale Vittor Hugo dichiarò Garibaldi essere stato il solo generale francese mai vinto dai prussiani. L'Assemblea non lo lasciò continuare. Vittor Hugo ha dato le sue dimissioni.

8 Marzo, Bruxelles. — I Prussiani hanno rimesso alle autorità francesi tutti i forti della riva sinistra. L'imperatore Guglielmo e lo stato maggiore Prussiano hanno lasciato stamane Versailles per andare a

Ferrieres. Nulla di nuovo nell'interno di Parigi. Sperasi che la situazione anormale di alcuni sobborghi cesserà senza alcun conflitto.

9 Marzo, Bruxelles. — Continua la stessa situazione nel quartiere Montmartre. Il restante di Parigi è profondamente (?) tranquillo.

Il punto interrogativo è stato messo dai redattori del Gazzettino Rosa, i quali compilando a Milano nel 10 Marzo il loro vivace giornale dovevano avere le loro brave ragioni per dubitare di tale profonda tranquillità!

10 Marzo— Bordeaux. L'Assemblea approva il suo trasferimento a Versailles.

10 Marzo - Parigi. — Il *Journal des Debats* spera che il governo darà finalmente al generale Aurelles l'ordine di ristabilire la tranquillità. Lo stesso giornale dice che il comitato di Montmartre trovò ieri con grande fatica un numero sufficiente di guardie nazionali per continuare la custodia dei cannoni. (Questi cannoni di cui erano provvedute le guardie nazionali erano stati costruiti a spese del popolo e per pubbliche sottoscrizioni per difendere Parigi dalle truppe prussiane).

Il *Times* ha da Parigi 9: I Marini tentarono di riampiazzare la bandiera rossa sulla colonna di luglio colla tricolore. Seguì il tumulto. I Marini furono imprigionati. La bandiera rossa è rimessa. Otto battaglioni della Guardia Nazionale custodiscono la piazza della Bastiglia. Tre vagoni carichi d'armi furono saccheggiati.

Bruxelles, 11 Marzo. — Thiérs pronunciò un lunghissimo discorso applaudito. Parlando di Parigi dice di sperare il ristabilimento della tranquillità. Se l'ordine sarà turbato il governo agirà energicamente.

12 Marzo - Parigi. — Vinoy ordinò la sospensione di sei giornali; proibì le pubblicazioni di nuovi giornali finchè dura lo stato d'assedio. Il decreto di Vinoy dice che l'esistenza del governo libero è impossibile finchè i giornali eccitano quotidianamente e impunemente la sedizione e la disobbedienza delle leggi. Nessun nuovo incidente.

16 Marzo - Parigi. — Il Consiglio dei Ministri esaminò *l'incidente di Montmartre*. La maggioranza decise di continuare l'attesa, essendochè tutto fa sperare che gli insorti consegneranno spontaneamente i cannoni. La pioggia, la neve e il tempo cattivissimo, contribuiranno a far decidere il Comitato ad affrettare la consegna.

17-18 Marzo - Parigi. — La situazione di Montmartre è la stessa, le guardie nazionali continuano a fortificarsi, nessun disordine, il resto di Parigi è tranquilla. Le dimostrazione in piazza della Bastiglia continuano... Parecchi giornali credono che l'autorità prenderà le misure energiche contro i sediziosi di Montmartre.

18 Marzo - Parigi, — Il governo spedì nella notte scorsa le truppe per occupare Montmartre. Le truppe ritirarono senza conflitto la più parte dei cannoni, fecero 400 prigionieri. Stamane i battaglioni della guardia nazionale di Belleville giunsero coi calci dei fucili in aria e rilasciarono tutti i prigionieri senza conflitto. Vinoy aveva stazionato le truppe intorno a Montmartre con le mitragliatrici; il fuoco era diretto contro le alture di Montmartre; dietro le domande della folla le truppe lasciarono porre le mitraglatrici fuori di posizione, la linea fraternizzò sulle alture di Montmartre colle nazionali. Sulla piazza Pigalle un luogotenente dei cacciatori volendo svincolarsi dalla folla, fece un gesto minaccioso, fu ucciso e scambiaronsi alcuni colpi di fucile. Alcuni feriti; le truppe abbandonarono le posizioni e fraternizzarono col popolo che si impadronì delle mitragliatrici. Molti battaglioni della nazionale marciano verso Montmartre col calcio del fucile in aria gridando «Viva la repubblica!»

Luisa Michel, l'eroica rivoluzionaria, così narra concisamente nel suo volume «La Comune» le storiche vicende di quella giornata:

«L'invasione dei sobborghi per parte dell'armata si fece nella notte dal 17 al 18; ma malgrado alcuni colpi di fucile dei gendarmi e delle guardie di Parigi i soldati si accordarono colle Guardie Nazionali... Nell'alba che si levava si sentiva la campana a martello; salivano verso Montmartre a passo di carica sapendo che alla sommità vi era una armata schierata a battaglia. Noi pensavamo di morire per la libertà! — Si era come sollevati da terra. Morti noi Parigi si sarebbe risollevata, Le folle in certe ore sono l'avanguardia dell'oceano umano. — L'altura era circondata da una bianca luce, un'alba splendida di liberazione. — Ad un tratto vidi mia madre presso di me e provai un'angoscia spaventosa; inquieta essa era venuta, tutte le donne erano salite con noi, non so come. — Non era la morte che ci attendeva sulle alture ove già l'armata allineava i cannoni (per unirli a quelli di Batignolles rubati durante la notte, ma la sorpresa di una vittoria popolare. Fra noi e l'armata, le donne si gettano sui cannoni, sulle mitragliatrici; i soldati rimangono immobili. — Mentre il generale Lecomte comanda il fuoco sulla folla un sott'ufficiale uscendo dalle file si pone davanti alla sua compagnia e grida più forte di Lecomte: calcio in aria! I soldati obbediscono. Era Verdaguerre che fu per questo fatto fucilato da Versailles qualche mese dopo. — La rivoluzione era fatta!»

Il popolo fece giustizia sommaria del generale Lecomte e del generale Clemente Thomas che furono fucilati nella giornata, stessa. «Lecomte tremava e le gambe gli si piegavano. Quest'uomo, che nel mattino comandava a tre riprese, con sangue freddo, con calma, il fuoco sulla folla, non seppe morire dignitosamente». (Così: B. MALON). Il generale Thomas arrestato sulla piazza Pigalle, odiato dalla folla e specialmente dalle guardie nazionali per la sua ferocia, fu messo al muro e fucilato pochi istanti prima del suo collega. E la folla allontanandosi dal tragico posto di guardia di Rue des Rosiers si sparse gridando: Viva la Repubblica! Abbasso i traditori!

Fu un movimento popolare impulsivo non concertato, non diretto da alcuna autorità nè da alcun gruppo; il Comitato Centrale, il Comitato di Montmartre, i compagni della Sezione Internazionale ignoravano ed ignorarono per tutta la giornata del 18 l'avvenimento che dava Parigi nelle loro mani. Verso sera del giorno stesso Thiers e gli altri membri del Governo borghese abbandonavano Parigi per Versailles. Soltanto nel mattino del giorno dopo il *Comitato Centrale della Guardia Nazionale*, come imbarazzato della inattesa vittoria, (Malon) si riuniva all'Hotel-de-Ville dove affluiva un'immensa folla armata. Il popolo era definitivamente padrone di Parigi.

Ecco il primo manifesto lanciato al popolo dal Comitato Centrale della Guardia Nazionale:

«Cittadini, Il popolo di Parigi scosse il giogo che si tentava imporgli. — Calmo impassibile nella sua forza, esso attese senza paura e senza provocazione i pazzi svergognati che volevano attentare alla Repubblica. Questa volta i nostri fratelli dell'esercito non vollero portare la mano sull'arca santa delle nostre libertà. Grazie a tutti; e che Parigi e la Francia gettino insieme le basi di una Repubblica, d'un Governo che chiuderà per sempre l'êra delle invasioni e delle guerre civili. — Lo stato d'assedio è tolto. — Il popolo di Parigi è convocato nelle sue sezioni per le elezioni comunali. La sicurezza dei cittadini è affidata alla guardia nazionale. *Parigi dall'Hotel-de-Ville*, 19 Marzo 1871». (Seguono le firme dei componenti il Comitato Centrale della guardia nazionale).

L'influenza della Internazionale (come associazione di lavoratori) era stata minima nel moto rivoluzionario del 18 Marzo. — Nel Comitato Centrale che aveva assunto il governo della Repubblica — e che era la legale ed elettiva rappresentanza della Guardia Nazionale, non era che qualche internazionalista per nulla affatto rappresentante ufficiale della Associazione. Soltanto più tardi, quando i borghesi della rappresentanza dei Municipi cittadini la ruppero col Comitato Centrale, questi trovò appoggio nell'*Internazionale*. Ed ecco il manifesto pubblicato dalla Sezione della Internazionale di Parigi per le elezioni del Consiglio municipale autonomo, indette dal Comitato Centrale per il 26 Marzo:

Lavoratori!

Una lunga serie di rovesci, una catastrofe che sembra dover trascinare alla completa rovina il nostro paese; ecco il bilancio della situazione creata alla Francia dai suoi governi.

Abbiamo noi perduto le condizioni necessarie per rilevarci da questo abbassamento? Siamo noi degenerati al punto di subire con rassegnazione il dispotismo ipocrita di coloro che ci abbandonarono allo straniero e di non ritrovare dell'energia se non rendere irrimediabile, mediante la guerra civile, la nostra rovina?

Gli ultimi avvenimenti dimostrarono la forza del popolo parigino; noi siamo convinti che un accordo fraterno dimostrerà fra breve la sua saggezza. Il principio d'autorità è ormai impotente a istabilire l'ordine nella strada, a ravvivare il lavoro nell'officina e tale impotenza è la sua negazione. La prima solidarietà degli interessi creò la rovina generale, produsse la guerra sociale; è alla libertà, all'eguaglianza, alla solidarietà che si deve chiedere di assicurare un'ordine su nuove basi, di riorganizzare il lavoro che è la sua condizione prima. Lavoratori! La rivoluzione comunale afferma questi principî e rimuove ogni causa di conflitto nell'avvenire. Esitereste a darle la vostra sanzione definitiva? L'indipendenza della Comune è il pegno di un contratto le cui cause, liberamente dibattute, faranno cessare l'antagonismo delle classi ed assicureranno l'eguaglianza sociale. Noi rivendicammo l'emancipazione dei lavoratori; la delegazione comunale ne è la guarantigia poichè deve fornire ad ogni cittadino i mezzi di difendere i suoi diritti, di controllare efficacemente gli atti dei suoi mandatari incaricati della gestione dei suoi interessi e di determinare l'applicazione progressiva delle riforme sociali. L'autonomia di ciascun Comune toglie ogni carattere d'oppressione alle sue rivendicazioni ed afferma la repubblica nella sua più alta espressione. Lavoratori! Noi, combattemmo, noi imparammo a soffrire pel nostro principio egualitario; non sapremmo ritirarci quando possiamo aiutare a porre la prima pietra dell'edificio sociale. Che cosa chiedemmo? L'organizzazione del credito, dello scambio, dell'associazione, al fine di assicurare al lavoratore il valore integrale del suo lavoro. L'istruzione gratuita, laica, integrale. Il diritto di riunione e d'associazione, la libertà assoluta di stampa, la libertà del cittadino. L'organizzazione municipale dei mezzi di polizia, di forza armata, d'igiene, di statistica, ecc. Fummo già ingannati dai nostri governanti, lasciandoci pigliar al loro gioco, allorquando essi accarezzavano e comprimevano, a vicenda, le fazioni il cui antagonismo assicurava la loro esistenza. Oggi il popolo parigino vede chiaramente la situazione; si rifiuta a far la parte del fanciullo diretto dal precettore; e nelle elezioni municipali, prodotto di un movimento che a lui stesso si deve, esso ricorderà che il principio dirigente l'organizzazione d'un gruppo, d'una associazione, è quello stesso che deve governare l'intiera società; ed, allo stesso modo ch'esso respingerebbe un amministratore o presidente imposto da un potere estraneo, così respingerà qualunque *maire* qualunque prefetto imposto da un governo estraneo alle sue aspirazioni. Esso affermerà il suo diritto, superiore al voto d'un'assemblea, di essere padrone nella propria città e di costituire, secondo le proprie convenienze, la sua rappresentanza municipale, senza pretendere d'imporla agli altri. Domenica 26 marzo, ne siamo convinti, il popolo di Parigi si farà un onore di votare per la Comune».

Con data del 27 marzo 1871 così scrive nel suo diario della Comune ELIA RECLUS: «Abbiamo avuto le nostre elezioni, le abbiamo avute! Il Comitato Centrale, sortito dal caso, volonteroso cede il posto alla Comune di Parigi, sempre attesa, alla Comune regolarmente eletta, alla Comune che ha origine e per conseguenza autorità legale. Duecentocinquantamila voti, molti di più dei voti avuti dai maires ed aggiunti nominati sotto l'impero del plebiscito Fabre Trochu, duecentocinquantamila elettori si pronunciarono contro il colpo di stato monarchico. Parigi vuole la repubblica: malgrado tutti i realisti congiurati Parigi vuole che si compia il programma della Rivoluzione. Da oggi la nuova rivoluzione francese ha corpo e vita, ha un'esistenza civile. Nata il 18 marzo — accidentalmente — per un malvagio colpo del triste Thiers — giaceva sulla strada. Vivrà? Ieri il suo padre legittimo, il popolo di Parigi, l'ha raccolta, l'ha presa fra le sue braccia, l'ha mostrata al mondo, l'ha riconosciuta secondo i riti e le formole di adozione legale: Ecco mia figlia! Vivrà questa figlia? Chi lo sa! È la figlia dei nostri dolori. Quanti pianti e quante angoscie ci è costata! Quale supplizio il metterla al mondo! È stata concepita fra le lagrime ed il fiele nelle notti d'insonnia febbrile, nei giorni di angosciosa attesa. Sei nata nel sangue e nel fango nel quale la Francia è stata gettata, i politicastri di Parigi ti trascinarono nelle infamie di Sedan, ti rotolarono nel sangue che sempre cola dalle nostre mille ferite... Ma tu sei nata, alfine, tu vivi! E vivrai? Lo credo! Se tu vivi, se tu giustifichi le nostre speranze, se tu ti dimostri la figlia del nostro desiderio e del nostro amore, noi non ci dorremo più di niente, noi anzi ci applaudiremo di tutto quello che ci hai costato di dolori e di pene, il tutto compenserai in gioia ed in felicità. Se tu sei quello che noi crediamo, tu sei l'Era nuova, tu sei la Repubblica degli Stati Uniti del mondo, tu sei la Comune Universale! O vivi, cara fanciulla, speranza degli eroi e dei martiri!»

15

PARTE II.

L'APOTEOSI E LA DIFESA –
dal 16 Marzo al 22 Maggio 1871

L'attacco alla Comune.

2 Aprile. — Domenica delle Palme! La festa della natura che si rinnovella! I fedeli vanno e vengono dalle Chiese ed i cittadini discutono per le vie e nelle piazze i pubblici affari: le donne, in vesti primaverili ferme innanzi alle stazioni degli omnibus si domandano: andiamo a vedere le rovine di Meudon o di Ville-de-Avray? Oppure andiamo verso Saint Claud distrutta dal bombardamento o verso Château incendiata?... Ma le conversazioni sono interrotte da colpi di cannone. Sono spari a salve? È qualche borgata che a sua volta proclama la Comune? Di che si tratta insomma?... Sono i Versagliesi che non provocati attaccano Parigi per la prima volta dopo la proclamazione della Comune e muovono armati alla conquista della città ribelle iniziando la strage fraterna e gli orrori della guerra civile!

Si è sempre fatta ai Comunisti la colpa di non aver osato attaccare subito Versaglia e di non aver marciato fin dal 19 Marzo contro i fuggiaschi del governo borghese. E colpa fu indubbiamente! Ma colpa nobilissima se si pensa che nelle guerre civili, come in tutti gli atti di violenza sì collettivi che individuali, la responsabilità delle conseguenze sta nel primo che usa la forza. La Comune non ha attaccato Versailles perchè si sentiva troppo forte e troppo sicura del suo diritto e perchè, eterna illusione degli umanitari e degli idealisti, credeva fermamente che nessuno avrebbe osato violare il nuovo reggimento liberamente impostosi dalla popolazione parigina. — Versailles invece, dominata dai rappresentanti ufficiali della borghesia francese non ha scrupoli di coscienza, la forza solo è il suo diritto! Schiacciare Parigi a qualunque costo, anche passando su migliaia di cadaveri, sulle rovine della stessa Parigi, anche invocando l'aiuto degli abborriti prussiani che dagli spalti vicini assistevano, meditando, allo svolgersi degli avvenimenti. Questo vollero i dominatori francesi e questo iniziarono col fatto d'arme del 2 Aprile 1871!

L'attacco venne dalla parte di Neuilly, verso le ore nove del mattino, il cannone e le mitragliatrici aprirono la via agli assalitori che giunsero sino alla porta Maillot, Qui i franchi tiratori ed i garibaldini accorsi impedirono l'avanzata dei Versagliesi. Ma più che l'eroismo di questi volontari dell'esercito della libertà, contribuirono al fallimento dell'attacco le molte ribellioni dei soldati che si rifiutarono di sparare contro i fratelli comunardi e che a questi si unirono per marciare trionfalmente verso l'Hotel de Ville.

Verso Versailles.

3 Aprile. — È il contrattacco! La provocazione fu irresistibile; nessuno avrebbe potuto trattenere i parigini dal marciare su Versailles. Eccoli! Battaglioni dopo battaglioni, dal quartiere Saint-Antoine, da Belleville, da Montmartre sfilano, bandiera rossa spiegata al vento e cantando la Marsigliese, verso Versailles. Sfilano pieni di fede e di entusiasmo, convinti sopra tutto che i fratelli dell'esercito incroceranno le braccia e faranno causa comune con loro! Il bel sogno svanì dopo poche ore! Un fuoco d'artiglieria nutrito, intenso, continuo, dal forte di Monte Valeriano colpisce in […] intervenuti in antecedenza tra la Comune e il Comando del forte davano per sicuro ai comandanti delle schiere rivoluzionarie il non intervento della fatale fortezza, ma invece il tradimento e la potenza di Versailles trionfarono ed i cannoni e le mitragliatrici che da tal forte dominavano tutta la pianura circostante sconvolsero ogni piano prestabilito dai comunardi, che dispersi, scoraggiati, privi di munizioni, senza artiglieria, senza vettovaglie, sfiduciati dal tradimento e dall'inattesa virulenza delle truppe oramai soggiogate ai Versagliesi, si scoraggiarono, si divisero e furono costretti parte alla fuga, parte ad una resistenza eroica, ma pur troppo inutile. — GUSTAVO FLOURENS era il duce di una delle schiere della Comune, AMILCARE CIPRIANI, era il suo aiutante di campo. Entrambi, malgrado la strage e la dispersione, si trovarono al punto fissato per il ricongiungimento delle schiere, a *Chatou,* dove pur si

trovava un altro capo il BERGERET. La ritirata su Nanterre si imponeva; Flourens riluttante cede alla giusta imposizione di Bergeret e di Cipriani e la colonna marcia verso Nanterre. Ma era scoccata l'ora tragica per questo giovane (aveva 32 anni!) cavaliere della democrazia internazionale, FLOURENS, il di cui nome verrà ricordato quando la parola della storia sarà veramente libera. Rimasti alla coda della colonna in marcia Flourens e Cipriani si arrestano. Quale mistero, sconvolge in quell'istante la mente di Flourens? Scende da cavallo non vuol procedere oltre! Vani sono i tentativi del fedele amico il quale riesce soltanto a trascinarlo in Chatou, in una casetta bianca ad uso piccolo albergo, dove domandano una camera per riposare. Che l'oste li abbia traditi o che già fossero stati spiati e seguiti non è dato sapere, certo è che dopo poco tempo la casetta è circondata da gendarmi nemici. La invadono, uno sale la scala, apre la porta e Cipriani gli spara contro, ma già venti gendarmi si precipitano su Cipriani e su Flourens... Cipriani è percosso a morte... «Flourens calmo, superbo, diritto, alta e scoperta la testa bionda, tutto chiuso nel cappotto militare, aveva in fronte il segno splendido del martirio... Giunge sul posto un capitano dei gendarmi a cavallo e, fermandosi vicino al Flourens: Siete voi Flourens? gli chiede. Sì — rispose questi semplicemente. Siete voi che avete fatto fuoco sui miei gendarmi — No. — Mentitore! gli gridò quel disumano. E con una sciabolata gli fendeva il cranio. Gustavo Flourens cadde, contorcendosi negli spasimi dell'agonia. Ma un gendarme gli fu sopra ghignando: Ora lo finisco io! E puntandogli la canna dello chassepot nell'orecchio, fece fuoco. Flourens giacque immobile. In un momento di tristezza profonda, presentendo forse la vanità dello sforzo rivoluzionario, egli aveva data la vita». (*L. Campolonghi: Amilcare Cipriani*). Si trovò un carretto sul quale era del letame e su di esso si caricarono il cadavere di Flourens e Amilcare Cipriani legato a dovere.

Lo stesso Cipriani così ha descritto l'epilogo del tragico evento: «In mezzo ad uno squadrone di carabinieri a cavallo ci avviammo verso Versailles. La notizia dell'arrivo di Flourens ci aveva preceduto. Ci fermammo in mezzo ad una folla ubbriaca e feroce che urlava: A morte, a morte! Alla prefettura fui chiuso in una camera col cadavere di Flourens ai miei piedi. Delle donne elegantemente vestite in compagnia quasi sempre di ufficiali dell'esercito venivano gaie e sorridenti a vedere il cadavere di Flourens: non faceva a loro più paura. Con modi infami e vigliacchi, con la punta dell'ombrellino facevano schizzare il cervello di questo martire. Nella notte fui separato per sempre dalla salma sanguinante di questo povero e caro amico, e rinchiuso nelle cantine».

Così la colonna comandata da EUDES e della quale faceva parte la nostra eroica Luisa Michel, incontra a Meudon una resistenza feroce ed è costretta riparare nei forti d'Issy e di Vanves. Infine la schiera guidata da DUVAL, che in sulle prime aveva respinta la cavalleria d'avanguardia a Villacoublay, dovette di fronte al soverchiare delle forze nemiche ritirarsi al riparo del fortino di Chatillon. All'esercito della Comune che aveva osato innalzare il rosso vessillo della Repubblica Sociale Universale, quel vessillo a cui mirano fidenti ancor oggi i proletari del mondo intero, non arrise fortuna ed un tetro tramonto dagli intermittenti riflessi rossastri, dalle nere e lugubri ombre, stese il suo cupo velo sopra la dolorosa giornata, mentre l'eco delle ultime cannonate e le grida di rabbia e di dolore dei vinti e dei feriti si andavano lentamente estenuando per dar luogo ad un breve periodo di silenzio e di morte apparente.

4 Aprile. — Poche ore notturne di tregua e poi subito l'accanimento nella persecuzione. Duval riparato coi suoi sull'altipiano di Chatillon è furiosamente perseguitato da truppe che minacciano accerchiarne la posizione. Chi può si salva verso Parigi; Duval e la metà circa dei suoi (un 1500 uomini) nell'impossibilità di qualsiasi difesa sono costretti ad arrendersi.

Eliseo Réclus

Elia Reclus ha raccontato nel suo *Diario della Comune* l'episodio dei fratelli Eliseo ed Onesimo. Il 4 Aprile i tre fratelli erano partiti insieme colla loro squadra all'alba. Elia, colpito ad una mano non poteva far uso del fucile, ma si proponeva di portare il sacco a qualche stanco e in caso di bisogno di raccogliere i feriti; i suoi fratelli lo precedettero e ben presto li perde di vista. Verso sera ritorna a casa, ma gli altri sono attesi invano... Elia si dà alle ansiose ricerche ed ecco quanto gli riferisce il capitano del loro battaglione: «Ci fu dato ordine di partire alle quattro del mattino per Chatillon, subito... si arriva a Chatillon... si appostano uomini e fra questi i vostri due fratelli in una vecchia trincea di Prussiani... da lontano appare fra gli alberi una bandiera rossa, i nostri saltano dalla trincea e credendo riunirsi a fratelli s'avvicinano... ma quelli sono Versagliesi ed impongono la resa. I nostri si ribellano, ma circondati da forze decuple san atterrati, malmenati, uccisi e feriti. La mischia fu brevissima e non fu certo micidiale, ma che sia dei vostri fratelli non posso assicurarvi...» Soltanto dopo parecchi giorni di angoscia e di vane ricerche si seppe che Onesimo si era salvato fra le ambulanze e che Eliseo era stato fatto prigioniero e condotto a Versailles.

Condotto a Versailles! Ecco il martirio, ecco il calvario di tale traduzione: «Si facevano sfilare per le strade della capitale rurale dove li attendeva il bel mondo, questi infelici, colle vesti strappate nella lotta, spossati dall'insonnia, sfiniti dalle lunghe marcie, dalla fatica, dal dolore. Accolti con insulti, il pubblico irrompeva su di essi per sfigurarli, per più da vicino beffarli! Ve ne erano in mezzo a loro di feriti e di sanguinanti e quelli erano i più colpiti. Questi uomini avevano le mani legate e gli eroi che la vigilia non avrebbero osato affrontarli lor sputavano sulla bocca e sugli occhi e le belle dame coi loro ombrellini colpivano i volti bagnati di un sudore d'angoscia! Un vecchio, un vecchio dai capelli bianchi, — si è infami a tutte le età — scaricava colpi di canna sulle nude teste dei prigionieri e gli si gridava: bravo! bravo! Due giovanotti si avvicinarono al vecchio e gli fecero delle rimostranze a bassa voce. Allora una dozzina di spie si slanciarono sui giovani e li trascinarono in prigione!» Fra le vittime vi era l'uomo che io amo, che io stimo e che rispetto più d'ogni altro al mondo!»

Così ELIA RECLUS nel suo diario, riferendosi al fratello Eliseo.

La morte di Clemente Duval

Dall'epistolario di Eliseo Reclus:

«Noi camminavamo sulla strada di Versailles, cinque per cinque fiancheggiati d'ambo i lati da soldati di fanteria e dagli ussari. Innanzi stavano fermi dei brillanti cavalieri: erano il generale Vinoy ed il suo stato maggiore. La colonna, s'arresta. Intendiamo delle parole violenti, un ordine di morte. Tre dei nostri, circondati da soldati, attraversano lentamente un ponticello che dalla strada conduce ad un prato circondato da siepi e ad una casetta con la scritta: *Duval, orticoltore.*

I nostri tre amici s'allineano a 20 passi dalla casa, scoprono il petto ed alzano la testa: «Viva la Comune!» gridano. I carnefici sono loro di fronte. Io li vedo un istante nascosti dal fumo e due dei nostri cadono in avanti. Il terzo vacilla come dovesse pur cadere, poi si raddrizza, vacilla di nuovo e piomba a terra volto al cielo. Era Duval. Uno dei fucilatori si precipita su di lui, strappagli le calzature mentre ancora palpita, e due ore più tardi, in marcia trionfale attraverso le vie di Versailles, fa di tal trofeo superba mostra...

È strano come questi primi disastri militari non affievoliscano né la fede, nè l'entusiasmo di Parigi per la sua Comune, nè dei dirigenti la Comune stessa! Soltanto la viltà e gli orrori dei Versagliesi sui disgraziati prigionieri provoca una legittima e naturale reazione nei Comunardi. L'illegalità e l'infamia del governo di Thiers suscita invincibile rabbia nei difensori della Comune; La necessità di rappresaglie si impone! Agli ostacoli oppongansi ostaggi; agli arresti, arresti; alle morti, la morte! Così coloro che vagheggiavano l'abolizione della pena di morte si trovarono nella dura necessità di minacciarla e di applicarla!

Blanqui

Viveva in Francia in quell'epoca un uomo già vecchio, di grande fama come apostolo di socialismo e come rivoluzionario ardente, un uomo che si può dire aveva vissuta la sua vita in prigione e dalla prigione usciva per congiurare ed in prigione tornava per meditare ed intensificare la propaganda... uomo di pensiero e di azione, sempre vinto e sempre vincitore nella lotta tra dominatori e soggetti, tra ricchi e poveri. «Era passato come un maledetto attraverso quattro rivoluzioni, esecrato, vinto, colpito nella libertà e nell'onore, senza prostrarsi un istante, senza affidare mai, in un istante d'abbandono, ad un animo amico, il segreto della sua tortura interiore o la confessione del suo disgusto. Restò sulla breccia sin all'ultimo respiro del povero petto affranto, domando con la forza della volontà le fiacchezze della natura e le incredibili avversità del destino. Visse per gli altri, respingendo per le esigenze stesse del suo sistema di lotta, la gioia del contatto con gli spiriti che egli, a loro insaputa, moveva. E nell'implacabile perseguimento del suo fine liberatore costruì al suo partito, con l'esercizio della lotta, la più chiara dottrina delle esigenze reali della tattica socialista. Macchina di pensiero e di volontà, la sua vita non fu che uno sforzo verso una sola mèta. Morto, non ancora ottenne giustizia, ignorato dagli uni, odiato dagli altri, non equamente giudicato dagli stessi suoi compagni. La sua vita è la vera tragedia dell'uomo solitario, che separa la sua esistenza personale dall'azione sugli altri che si propone di svolgere. E questi uomini sollevano il gran dubbio: sono essi degli insensibili o sono degli eroi? La loro vita interna è abisso inaccessibile ad occhio straniero, germoglio di clausura, destinato spettacolo solo a chi ne sia il soggetto; ma la loro azione esterna, sottratta alla luce del loro sentimento, è costantemente falsata, calunniata, ad arte grottescamente volta a male. Avevano gli avvenimenti, le asprezze singolari della vita, fatto questo dell'anima di Blanqui o le sue qualità naturali, i semi che in lui il destino aveva deposto, spiegavano le manifestazioni del suo spirito? Questo problema non può interessare che lo psicologo. Chi s'accinga ad intendere un momento della storia, procura ricavare dalle incerte indicazioni intorno alle qualità degli uomini interessati a un vasto movimento sociale qualcuno degli aspetti di questo movimento sociale». (Arturo Labriola: *La Comune di Parigi*).

In breve: riassumere qui la storia di Blanqui è impossibile. Verrà giorno in cui la storia ed il proletariato pagheranno questo tributo di riconoscenza a Blanqui e compiranno insieme un atto di doverosa giustizia. Oggi i tempi non sono ancora maturi; il proletario è ancora un vinto ed i vinti non hanno storia; è necessario attendere... la riparazione verrà e sarà completa quando lo schiavo di oggi, rotte le sue catene, infrangerà i falsi idoli che oggi la borghesia gli impone di adorare ed i suoi grandi morti ed i suoi grandi martiri li farà risorgere dall'ombra alla più fulgida luce... quei morti e quei martiri che contro tutto e contro tutti hanno lottato per la sua redenzione!

Nacque nel 1805 a Puget-Theniers (Alpi Marittime), studia a Parigi, ma ritenuto istigatore d'una dimostrazione contro un professore è punito e senz'altro tronca il corso di diritto già iniziato. Si dà alla politica e ventiduenne in una ribellione studentesca è ferito d'una palla al collo. Incessantemente è anima e corpo in tutti i movimenti rivoluzionari che precedettero il fallito tentativo del 1840. Per questo è condannato a morte insieme al suo amico e compagno d'allora, Barbès; ma la pena è tramutata per l'uno e per l'altro alla detenzione perpetua e solo la rivoluzione del 1848 lo strappa dal carcere. Vilmente calunniato dai suoi nemici che ne temevano la potenza e l'inflessibilità si difende e vince: «Tu hai venduto i tuoi fratelli a peso d'oro, dice la penna prostituta. Dell'oro per andare a finire fra il pane nero e la brocca dell'angoscia! E che cosa ne ho fatto di quest'oro? Io vivo in una soffitta con 50 centesimi al giorno. Tutta la mia fortuna ammonta oggi a 60 franchi! E son io triste avanzo, che trascino per le vie un corpo dolente sotto abiti rappezzati, son io che si fulmina con l'accusa di venduto, mentre i valletti di Luigi Filippo, metamorfosati in brillanti farfalle repubblicane, volteggiano sui tappeti dell'Hotel de Ville, stimmatizzando dall'alto della loro virtù ben pasciuta il povero Giobbe sfuggito alle carceri del loro padrone! Ah! figli degli uomini che avete sempre una pietra alle mani per lapidare l'innocente, onta su voi!.. Ciò che voi perseguitate in me, è l'inflessibilità rivoluzionaria e l'ostinata devozione delle idee. Voi volete abbattere il lottatore infaticabile! Che avete fatto da quattordici anni? Della defezione. Io era sulla breccia nel 1831 con voi; io vi era senza voi nel 1839, nel 1848 eccomici contro di voi». E di nuovo in carcere per dieci lunghi anni! E di poi nuova condanna a quattro anni a Santa Pelagia, e lo schiavo eterno, il carcerato a vita, gettava dalla nuda cella in faccia ai suoi oppressori la celebre frase: *Ni Dieu, ni maitre*! Nè Dio, nè padrone! Come compendiare meglio il programma del socialismo scientifico che ancor oggi domina l'internazionale del lavoro? Ora sarà facile comprendere come Blanqui dominasse anche dalla cella, anche dal nascondiglio che la fuga gli aveva procacciato, l'ambiente rivoluzionario della Francia intera. Blanqui è l'anima di tutte le congiure contro Napoleone III. I suoi amici i suoi allievi i suoi seguaci si contano a migliaia. Per la sommossa del 31 Ottobre 1870 è condannato a morte in contumacia, ma ammalato di bronchite acuta rimane nascosto a Figeac (Tolosa); Thiers lo fa arrestare il 17 Marzo ed il vecchio di sessantacinque anni, febbricitante, ammalato, è trascinato di carcere in carcere nel castello di Taureau in Bretagna! Thiers sapeva quanto grande sarebbe stato il potere di Blanqui a Parigi e lo requisì; la Comune reclama il Maestro quale suo Presidente d'onore, ma Thiers lo trattiene in ostaggio; ostaggio per ostaggio, i Comunardi usano come Thiers della legge del più forte, e prendono ostaggio l'Arcivescovo di Parigi. Ma dovevano prendere ostaggio Thiers il 18 Marzo quando la jena borghese era nelle loro mani!

6 Aprile

Dopo l'arresto dell'arcivescovo di Parigi, del curato della Maddalena e di altri prelati, gesuiti e domenicani, si procede a perquisizione sommarie alla Casa delle Missioni lazzariste, alla Parrocchia della Trinità, alla Casa dei Gesuiti della via di Sèvres, dove si rinvengono ancora ammassi di derrate alimentari accumulate in previsione dell'assedio dei Prussiani. È certo, nota il Reclus, l'esercito dei clericali è per la Comune più terribile di quello di Versailles; infatti come non avrebbe dovuto cospirare il clero contro chi decretava la separazione della Chiesa dallo Stato e la confisca delle proprietà delle Congregazioni religiose? I capi delle chiese di Parigi discutono se non sia il caso di chiudere tutti i templi e di sospendere dal giorno di Pasqua, le funzioni religiose; soltanto il timore che i fedeli si abituino a disertare le chiese o che la Comune imponga colla forza ai sacerdoti l'esercizio delle loro funzioni, li fa soprassedere ad ogni deliberazione bellicosa.

Cluseret, nuovo delegato alla guerra, cerca riorganizzare la Guardia Nazionale — ordina di attenersi alla più stretta difensiva — il servizio militare dai 17 ai 19 anni è facoltativo, obbligatorio dai 19 ai 40, celibi e non celibi!

Il 9 aprile il battaglione del sobborgo del Tempio quartiere essenzialmente popolare si presenta d'improvviso in via Felice-Mericourt, invade la casa del carnefice Monsieur de Paris, requisisce la ghigliottina e la porta ai piedi della statua di Voltaire (Piazza Voltaire) dove vien distrutta ed abbruciata.

Le notizie della provincia non sono incoraggianti!

A *Perigueux* storica cittadina della Dordogna, gli operai e i cittadini tentarono d'impedire la partenza dalle officine di carri blindati armati di cannoni, destinati, per Versailles. Ma giunsero truppe, le dimostrazioni favorevoli ai compagni di Parigi furono disperse ed i vagoni armati partirono alla volta di Versailles.

A *Limoges,* popolo ed esercito fraternizzano, si proclama la Comune, un Colonnello viene ucciso; il prefetto è in fuga, ma dopo due giorni lo stesso fuggiasco ritorna alla testa di milizie inviate da Bordeaux e gli arresti e le esecuzioni dei militari ribelli rassicurano il trionfo del suo ordine alla impaurita borghesia.

A *Marsiglia*, il generale Espivant, trionfa dei Comunardi, coi quali combattevano oltre 150 garibaldini italiani, distruggendo a cannonate il Palazzo della Prefettura e le località vicine... il terrore domina... i Comunardi muoiono massacrati... i prigionieri si contano a migliaia... 500 sono rinchiusi nel Castello d'If... la Comune di Marsiglia è vinta e l'eco doloroso non può certo essere di conforto ai combattenti di Parigi.

Ieri 8 aprile, una povera madre in lutto, raccontava ad alcuni riuniti in Piazza Concordia che nel mattino le avevano portato a casa un figliolo colpito dallo scoppio di granata a Neully: «Io mi consolerei di questa sventura, se i miei figli combattessero nelle medesime file e per la stessa causa. Ma uno è nel 100 battaglione della Guardia nazionale e l'altro è sott'ufficiale nell'armata di Versailles; quando sento il cannone, da una o dall'altra parte, ho la morte nell'anima!»

Vediamo un pò come facevano la guerra contro i fratelli di Parigi «Selvaggi» i «civili» di Versailles.

Scrive Luisa Michel: «Dopo il 5 aprile le batterie del Sud e dell'Ovest, erette dai tedeschi contro Parigi, furono usate dai Versagliesi, chiamati Prussiani di Parigi; per rendere giustizia a chi si deve dirò giammai i più barbari ulani si resero colpevoli di tanta ferocia! Le palle esplosive di cui si servì l'armata di Versailles non furono impiegate che contro i federati di Parigi. Io vidi tra gli altri un infelice che nelle trincee aveva ricevuto in fronte uno di tali proiettili! Conservai alcuni di cotali projettili che avrebbero potuto figurare in qualche esposizione quali mezzi per la caccia degli elefanti, ma sparirono nelle diverse perquisizioni subite. Tutto il lato verso i Campi Elisi era spazzato dai proiettili. Dal Monte Valeriano, da Meudon, da Brimborion incessantemente si mitragliavano gli sventurati che abitavano da quelle parti. Altrove la ridotta des Moulineaux, il forte d'Yssy, preso e ripreso, lasciavano indecisa ma costante la lotta. L'armata della Comune era un pugno di uomini di fronte a quello di Versaglia e doveva essere ben valorosa per resistere tanto tempo malgrado le continue perdite ed i sempre più numerosi tradimenti. I militari di professione vi erano in pochissimo numero. Flourens morto, Cipriani prigioniero, rimaneva Cluseret, i fratelli Dombrowski, Wrobleski, Rossel, Okolowich, La Cecilia, Hecher France, alcuni sott'ufficiali e soldati rimasti a Parigi; dei marinari fedeli alla Comune, fra questi alcuni ufficiali, Coignet venuto con Lullier era aspirante di marina, Perusset, capitano di lungo corso: «altro che pagare indennità, dicevano questi valenti marinai, quando avremo finito coi Versagliesi, riprenderemo ai Prussiani i forti all'abbordaggio!» Uno di questi, Kervisik, deportato con me alla penisola Ducos, ricordava ancora tali generose millanterie, attraverso l'Oceano, in terra d'esilio, quando il corso del tempo aveva già annebbiati nella nostra memoria tali lontani avvenimenti.

Nei primi d'Aprile Dombrowski fu nominato Comandante in capo della, città di Parigi. La lotta si sosteneva e tutti speravano, ma nel frattempo i Versagliesi attaccavano contemporaneamente Neuilly, Levallois, Asmères, il bosco di Boulogne, Essy, Vanves, Bicetre, Clichy, Passy, la porta Bineu le Terme, la via della Grande Armèe i Campi Elisi, l'Arco di Trionfo, Saint Cloud, Auteuil, Vaugirard, Porta Maillot.

Il capitano Bourgouin fu ucciso nell'attacco alla barricata del Ponte di Neuilles; fu grave perdita per la Comune.

Il generale Wolf potè far accerchiare una casa dove si trovavano circa duecento federati... sorpresi furono tutti trucidati! Alla barricata Peyronnet, vicino alla casa dove stava Dombwroski col suo stato maggiore era un diluvio di artiglierie Versagliesi e, in certe notti, sembrava terremoto e che un diluvio d'Oceano piombasse dal cielo. Alla barricata di Neuilly, crivellata di proiettili vi furono orribili ferite. Uomini colle braccia divelte pendenti dietro le spalle, ossa scoperte, petti squarciati, mascelle divelte! Si medicavano così, alla meglio, disperatamente. Quelli che potevano parlare morivano gridando: Viva la Comune!

Le donne eroiche della Comune

Con Luisa Michel, Fernandez, Madama Danquet e M. Mariani avevano organizzata una ambulanza volante, vicino alla barricata Peyronnet di fronte allo stato Maggiore; chi era leggermente ferito rimaneva all'ambulanza, i gravemente colpiti venivano condotti alle maggiori ambulanze, però la cura pronta ed una efficace medicazione provvisoria ne salvò diversi. Le schiere della Comune annoverarono vivandiere, infermiere e combattenti eroiche. Di poche si conoscono i nomi: la cantiniera Lachaise del 66, Vittorina Rouchy dei turcos, la cantiniera dei fanciulli abbandonati, le infermiere della Comune: Mariani, Dauquet, Fernandez, Malvina Paulan, Cartier; le donne del comitato di vigilanza: Poirier, Excoffons, Blin; quelle delle Corderie e delle scuole: Lemel, Dmitrieff, Leloup; quelle che durante la lotta organizzavano scuole e ricreazioni per i bambini: Signore Andrè Leo, Saclar, Pèrier, Reclus, Sapia. E com'era triste la sorte dei fanciulli abbandonati sul lastrico più che mai terribile di Parigi! Alcuni si divertivano tutto il giorno a raccogliere proiettili che vendevano a stranieri o conservavano per loro, altri gironzolavano colle mani e le sopracciglia bruciacchiate chi sa come! I più correvano al Teatro Guignol, che qualche pietoso e prudente tenne aperto per i piccini in via dell'Etoile fino alla fine di maggio! Moltissime donne combattevano al fianco delle milizie Comunarde, moltissime morirono eroicamente senza la speranza di gloria, che nome non avevano o troppo modesto per essere ricordato! Che vale del resto il loro nome? Esse hanno offerta la vita per la causa della umanità; il monumento che il proletariato prepara ai martiri della Comune parigina non porterà nomi, soltanto una data che segnerà l'albeggiare di un'epoca di libertà e redenzione: 18 Marzo 1871, principio di èra novella.

Mercoledì 12 Aprile

Ieri, racconta le *Rappel*, il fuoco si era da una e dall'altra parte notevolmente rallentato, una specie di tregua tacita pareva si fosse stabilita tra Versailles e Parigi; si credeva indovinare una vera sospensione d'ostilità; la deputazione della Frammassoneria doveva essere giunta presso Thiers; si parlava anche di un manifesto dei deputati di sinistra; anche delegati dell'Unione repubblicana, muniti di salvacondotto, erano partiti a quattro ore per la loro missione conciliatrice. La cannonata aveva ripreso un pò dopo mezzodì, come di consueto. Ma di colpo a nove ore, forti detonazioni rimbombano, i colpi sono così violenti e si succedono con tanta frequenza da far credere la battaglia in Parigi stessa. Fuoco d'artiglieria e di fucileria contemporaneamente. Il cielo scintillava di lampi così frequenti come quelli causati dall'elettricità nelle furie della tempesta ed erano lampi micidiali. Sono le truppe di Versailles che attaccano il forte del Sud; è il generale Mac Mahon che preso il comando dell'esercito nel mattino stesso, vuol colpire il pubblico con un gran colpo e tenta di forzare Parigi con una sorpresa notturna. L'orribile combattimelo ha durato un'ora e mezza con intensità spaventosa, poi i colpi hanno rallentato e son cessati. Mac Mahon ed i battaglioni di Versailles furono respinti!

Thiers aveva promesso un grande attacco ai suoi fedeli dell'assemblea di Versailles; Mac Mahon, il vinto di Sedan, sperava in una famosa vittoria che lo riabilitasse; l'uno e l'altro furono delusi dalla prontezza e dall'eroismo dei Comunardi.

E siccome anche oggi non soltanto la calunnia degli avversari dell'altra riva, ma anche qualche amico ipercritico, mette in dubbio l'eroismo dei membri della Comune, ci piace riportare queste righe del testimonio oculare Elia Reclus, non sospetta di troppa benevolenza verso l'improvvisato governo di Parigi ribelle: «Io andavo precipitosamente verso il punto che mi sembrava il più minacciato, quello di Montrouge. In cammino, tre cavalieri mi appaiono per un istante, lasciando come una traccia rossa nell'oscurità, fu la visione rapida dei membri della Comune ornati delle rosse sciarpe fiammanti: «essi si son fatta legge di aver sempre qualcuno di loro presente sul luogo del pericolo».

La calunnia

L'arma più terribile usata da Thiers e dallo infinito numero dei seguaci della borghesia scagliati contro la Comune di Parigi è stata la calunnia. La vera storia dopo un mezzo secolo non ha ancora fatta la luce sugli eventi della Comune e l'opinione pubblica del mondo intero crede ancora alle fole interessate di Thiers e della consorteria del suo tempo!

Dice Reclus: «M. Thiers il più abile calunniatore del mondo, ha reso maggior servizio all'Assemblea di molte divisioni d'artiglieria. Diciotto ore di lavoro al giorno dell'instancabile vegliardo! Tutti i fili del telegrafo di Francia e, per così dire, del mondo intero, fanno capo al suo gabinetto; notte e giorno egli fa mentire il fluido elettrico; cento prefetti, cento procuratori, cento generali rimandano la menzogna ai loro mille sottoprefetti, sostituiti e luogotenenti: la menzogna è diffusa dai giornali a centinaia di migliaia di esemplari. Ciascuno ripete la notizia falsa e vi presta fede, la credulità l'esalta e l'esagerazione ubbriaca la stoltezza ed entusiasma gli sciocchi. E Parigi non può difendersi nè sostenere le sue ragioni presso la provincia ingannata perchè la prima astuzia della vecchia volpe è stata quella di sopprimere ogni invio di giornali e di corrispondenze da Parigi e per Parigi. Tutto ciò che è possibile inventare contro la buona fama dei Comunisti non è risparmiato:

«Dopo essersi impadroniti di Parigi colla sferza, dopo essersi assicurato il loro possesso grazie ad un simulacro di elezioni, ripudiato da tutti come derisorio, essi hanno cura d'isolare Parigi da tutto ciò che potrebbe gettar luce sugli avvenimenti...» proprio come se la Comune avesse circondato Parigi di una selva di cannoni e baionette, come se la Comune avesse confiscate le corrispondenze e gettate a milioni nelle cantine di... Versailles!

La calunnia! Nel 1871 come oggi, come sempre, è l'arma micidiale che il potere adopera per l'asservimento dei popoli. Soltanto la istruzione e più ancora dell'istruzione la fede nella purezza delle nostre idealità, ci servirà di baluardo contro l'arma potente che trascina gl'incoscienti e li abbrutisce.

Venerdì 14 Aprile
Pierre Leroux

L'identificarsi e l'insprirsi della lotta non fa dimenticare ai sovversivi di Parigi l'opera pietosa di riconoscenza verso chi muore vecchio e povero dopo aver dato un'esistenza di fervida operosità alla causa del progresso e dell'umanità. «Noi ritorniamo dai funebri di PIERRE LEROUX (diario di Elia Reclus) che fu un profondo pensatore, un grande filosofo e che già indebolito per gli ardimenti del pensiero, per le fatiche intellettuali, per le miserie e sofferenze della vita materiale, sopravviveva a se stesso da circa uno o due anni. Il carro funebre dei poveri era seguito da numeroso corteo. Pochi borghesi, molti proletari; si poteva dire che i socialisti di Parigi vi si eran dato convegno. In proporzione molte donne. In testa due membri della Comune colle sciarpe rosse, delegati ufficialmente. Infatti il funerale di Pierre Leroux è un avvenimento pubblico e coloro che conoscono anche vagamente quella scienza ancora misteriosa che si chiama *la storia delle idee* sanno che Pierre Leroux è uno dei principali autori delle nostre ultime rivoluzioni intellettuali e morali fattrici di rivoluzioni politiche. Nacque nel 1798, studiò in collegio, poi si fece tipografo del giornale *el Globo* nel 1824. Della pleiade di filosofi, giornalisti, professori ed uomini politici che vi collaborarono a lui spetta l'onore di aver riunito alla maggior scienza ed intelligenza la più grande onestà e visse e morì il più povero! Con Jean Reynaud fonda l'*Enciclopedia Novella*; colla cooperazione di George Sand dirige la *Revue Indipendente*; scrive le due opere sue principali: *La Refutation de l'Eccletisme* e l'*Humanitè son principe et son avenir*. Fu un mistico un po' teologo un po' cabalistico, ma non lo si poteva avvicinare senza un sentimento di profondo rispetto: nel suo povero asilo, nelle sue vesti quasi sordide, qualche cosa nello sguardo, nella voce, nel portamento della sua grande testa, rivelava che quest'uomo fu od era ancora uno dei giganti del pensiero, un pontefice della umanità! Così assistemmo ai funerali del filosofo umanitario. Seguendo il corteo ci interrogavamo sul combattimento della notte, sui morti, sui feriti. Quelli che sulla tomba gettavano dei fiori venivano dal combattimento e stavano per ritornarvi. Le fucilate e le cannonate non cessavano e noi ci separammo al grido di «Viva la Repubblica Universale» mentre lugubri ci echeggiavano intorno gli echi della guerra civile.

Il decreto per gli affitti

È così radicata nella coscienza delle popolazioni la naturale persistenza in un assetto sociale infame come il presente che anche di fronte ad uno sconvolgimento radicale effettivo ci vorrà del tempo prima di fare uscire dalle loro tane e dalla loro miseria morale e materiale le vittime redente. Di colpo non si può uscire dalle tenebre e sfidare la luce! Occorreranno anni per dimostrare ai poveri che si può vivere anche senza i ricchi... non credete voi forse che la grandissima maggioranza dei proletari, ancora asserviti alle menzogne politico-religiose dominanti, abbiano nel loro animo la convinzione di dovere la loro esistenza a quei pochi potenti che loro concedono in cambio di rude fatica, poco pane e luride catapecchie? Costoro liberati dalla tirannia non vorranno e non potranno credere nè alla libertà, nè alla comune agiatezza e si avvicineranno timorosi, incerti, dubbiosi ai loro amici liberatori e forse in sulle prime li tratteranno da nemici o da impostori.

Uno dei primi Decreti della Comune esonerò gli inquilini dal pagamento degli affitti arretrati. Meglio sarebbe stato se la Comune avesse immesso ogni cittadino in potere dell'immobile occupato nei limiti dei suoi bisogni. Ma anche nella sua modesta riduzione quel Decreto meravigliò i poveri per la sua audacia novatrice ed irritò enormemente i ricchi che scorgevano in esso un principio di spogliazione.

Arthur Arnoult, membro della Comune, riferisce in proposito nelle sue *Memorie*:

Durante il periodo trascorso al Municipio, in mezzo a tante noie, a tante preoccupazioni tragiche, ebbi anche qualche momento felice e me ne ricorderò sempre con gioia.

Se certi Decreti della Comune erano d'applicazione difficile o impossibile o penosa, altri invece ve ne erano che ogni buon cittadino, ogni buon socialista applicava con profonda soddisfazione.

Tale fu il decreto sugli affitti, nonostante le sue lacune.

Quel decreto ci diede molto da fare. La povera gente che beneficò, e fu numerosa, non osava credere alla protezione della legge ed esitava a valersi del suo diritto. D'altra parte, i proprietari, abituati a vedere per loro tutti i privilegi e per gl'inquilini tutti i doveri, convinti da una lunga pratica e dalla parzialità del Codice che gl'interessi della loro borsa fossero sacri e al di sopra d'ogni considerazione d'ordine morale e di salute pubblica, si opponevano all'esecuzione del decreto e minacciavano i loro inquilini, recalcitranti. Durante parecchie settimane dovemmo compiere l'ufficio del giudice di pace, chiamare gli uni e gli altri, spiegar loro la nuova legge e vegliare alla sua rigida esecuzione. Rivedo ancora con quale stupore riconoscente i poveri apprendevano esser vero che si fosse pensato a loro e che, per la prima volta, avrebbero trovato un aiuto reale negli agenti del Potere. Tale stupore rappresentava certamente la satira più eloquente che si potesse fare sul vecchio regime. Il povero è talmente abituato a trovare una nemica nella legge, è talmente convinto che avrà torto, sempre torto, nella sua lotta contro i privilegiati, è tanto uso ad essere sprezzato senza pietà dalla onnipotenza del denaro, che non comprende come possa avvenire altrimenti.

Quante volte non ho avuto discussioni sul genere della seguente!

Una donna domandava di parlare ad un commissario della Comune. Essa entrava timidamente, inquieta, vestita dei suoi abiti migliori spesso in lutto. Per spiegarsi, attendeva di essere sola.

— Cittadino diceva allora, è vero che io posso sgomberare e portarmi via i miei mobili, senza pagare l'affitto arretrato?

— Verissimo cittadina! Non avete letto il decreto della Comune?

— Sì, ma temevo, di aver capito male.

— Avreste modo forse di pagare l'arretrato?

— Come potrei farlo? Da otto mesi sono disoccupata. In tutto questo tempo abbiamo vissuto con la paga di mio marito, soldato del tal battaglione (2,25 al giorno per gli ammogliati). E tre figli da nutrire! Tutto quel che avevo da impegnare è al Monte di Pietà...

(Qualche volta la povera donna era vedova, essendole morto il marito agli avamposti. Tale altra il marito era prigioniero o ferito).

— Chi è il vostro proprietario?

— Il tal dei tali.

(Il più delle volte, qualche ricco banchiere o negoziante od affarista, ben conosciuto nel quartiere per il grosso patrimonio).

— Ebbene, cittadina, non avete da fare altro che sgomberare quando vorrete.

— E non mi si tratterà niente?

— Niente!

— Potrò portare via i miei mobili, la mia biancheria, i miei vestiti, quelli dei miei piccini, la mia macchina da cucire?

— Voi potete portar via tutto.

— Ma il proprietario vi si opporrà. È spietato. L'anno scorso ha fatto sequestrare i mobili di una povera donna che aveva il marito all'ospedale da parecchi mesi.

L'anno scorso egli ha fatto quel che ha voluto. La legge era per lui. Oggi, la legge è per la giustizia. La proprietà del povero è sacra quanto la proprietà del ricco. Ognuno deve sopportare la sua parte delle sventure pubbliche. Questa parte per voi si chiama la disoccupazione, l'inverno senza fuoco, giornate senza pane, i figli malati per scarsezza di nutrimento, la salute rovinata della madre. Per il proprietario sarà una piccola diminuzione delle sue rendite ordinarie. La morale non permette che il più ricco spogli il più povero, che lo getti sul lastrico, che gli prenda le sue misere masserizie. Se pure non gli pagate la sua pigione, gli rimane la sua casa, la sua situazione intatta. Se si opponesse alla vostra partenza, venite al municipio; vi troverete l'aiuto necessario.

Spesso la povera se n'andava piangendo per la commozione, dopo avere espresso tutta la sua sorpresa e la sua gratitudine.

E dovevano allora richiamarla per farle comprendere che non doveva ringraziarci, che non si trattava di un passeggero atto di umanità, di una elemosina o di una grazia, ma di una applicazione, fra le tante, del ritorno al diritto, alla giustizia, all'eguaglianza.

In quei momenti, ci si sentiva felici di rappresentare il potere, di essere in grado di porgere una mano ferma e leale a coloro, che soffrono, di rialzare gli oppressi, di far penetrare un raggio di sole negli strati profondi ove si disperano i diseredati e di poter dir loro:

— In piedi fratello, ed abbiti il tuo posto!

Quei momenti di gioia furono l'unica ricompensa per quelli uomini convinti e disinteressati, i quali diedero il loro avvenire e la loro vita al compimento del dovere e furono poi inseguiti come bestie feroci e fucilati come criminali.

Mac-Mahon

Se Thiers il vecchio politico fu l'anima che a difesa della borghesia francese volle soffocare nel sangue la rivoluzione comunista, Mac-Mahon, il militare di professione, fu il braccio esecutore. Veterano di tutte le guerre che l'irrequieta borghesia francese aveva provocato nel mondo intero, era già generale di divisione fin dal 1852.

In Crimea, quale capo dell'armata del Nord, prese la famosa fortezza di Malakoff; poi in Africa contro i Kabili, poi comandante delle forze di terra e di mare in Algeria, finalmente in Italia vincitore degli austriaci a Magenta, è fatto duca di Magenta e maresciallo di Francia. Nel '70 i tedeschi tarparono le ali al fiero galletto ed a Sedan fu sconfitto e ferito. Subito dopo, vero mercenario della sua arte selvaggia, accettò la missione nuova che gli veniva affidata dai pavidi politicanti di Versailles, ed il vinto di Sedan si riabilitò innanzi la borghesia francese imperialista e clericale preparando con arte magistrale l'assalto e l'invasione di Parigi comunarda.

La storia della valorosa Comune di Parigi, che un giorno forse non lontano si ricostruirà sulle numerose traccie rilasciate dai superstiti combattenti e dai testimoni disinteressati, terrà conto anche del famoso *Rapporto ufficiale*, dettato dallo stesso Maresciallo De Mac-Mahon, Duca di Magenta e Comandante in Capo e che porta questo pomposo titolo: *L'armata di Versailles dalla sua formazione fino alla completa pacificazione di Parigi*. Fu stampato a Parigi e diffuso subito dopo i dolorosi avvenimenti ed è uno dei più importanti documenti che stia a dimostrare, nella sua laconicità militare, quanto grande merito spetti ai difensori della Comune eroica, per aver potuto resistere parecchie decadi alle imponenti forze che si erano raccolte intorno a Versailles.

Dico subito che in quelle pagine, stile militare, non si sente la nausea che suscitano gli altri scritti dei pubblicisti borghesi stipendiati per vilipendere i comunardi; non è il vigliacco che dalle alcove di Versailles, protetto da un esercito scaglia la sua bava verso il ribelle che combatte, che cade sulle barricate in difesa della libertà. Si sente nello stile del Maresciallo un non so che di rispettoso verso combattenti che si poterono vincere soltanto per lo stragrande numero degli assalitori e che non si ritiravano, non fuggivano, ma combattevano, uccidevano e morivano!

I termini che Mac-Mahon usa contro i comunardi sono questi: l'ennemi, les insurges: per vincere questi nemici, questi insorti, il Maresciallo prepara il suo piano di battaglia e lo espone assegnando i diversi compiti a molti generali comandanti di truppe diverse, fanteria, artiglieria, genio e soldati di marina. Ecco per esempio le disposizioni per la giornata del 22 Maggio: «Il generale Douaz, a destra, occuperà in sulla sera, il palazzo dell'industria, il palazzo de l'Eliseo ed il Ministero degli Interni. Il generale Clinchant, sulla sua Sinistra cercherà d'impadronirsi della stazione dell'Ovest, della Caserma della Pèpinière e del Collegio Chaptal. Il generale Ladmirault, seguendo la ferrovia della cinta, si avanzerà fino alla porta l'Asnières. Sulla riva sinistra, il generale de Cissev deve cercare d'impadronirsi della Scuola Militare e degli Invalidi raggirandoli dalla parte est e prendere, se è possibile, la stazione di Montparnasse. Il generale Vinoy lascierà la divisione Bruat sulla riva sinistra per appoggiare il movimento del generale de Cissey, che dovette lasciare sei battaglioni a guardia dei forti e delle batterie del sud. Verso sera questa divisione occuperà le scuderie dell'Imperatore e la Manifattura dei tabacchi. La divisione Faron, del generale Vinoy, resterà in riserva vicino al Trocadero. Queste sono le principali disposizioni adottate per la giornata del 22 Maggio.» Così l'avanzata dell'esercito procede militarmente ordinata e potente di uomini e di armi incontrando ovunque la più tenace resistenza. Soltanto camminando attraverso case e giardini si possono accerchiare le barricate che non cedono... sono centinaia e centinaia i fatti d'arme che nel loro insieme costituiscono la grande ed eroica battaglia sostenuta dai difensori della Comune contro gl'invasori. La lotta è sempre accanita, proiettili d'ogni sorta piovono dalle barricate sulle truppe che le assalgono; vinta e distrutta una barricata bisogna raggiungerne, vincerne e distruggere un'altra! Così fu tutta Parigi fino alle ore tre del pomeriggio del 28 Maggio! «Riassumendo, detta Mac-Mahon, l'armata riunita a Versaglia, in un mese e mezzo vinse la più formidabile insurrezione che la Francia abbia mai visto!»

E la borghesia francese pagò al suo debito di gratitudine a Mac-mahon, riabilitandolo della sconfitta di Sedan ed eleggendolo più tardi Presidente della Repubblica!

Carlo Delescluze

   .....Delescluze avait pris sa canne, et il êtait venu, d'un pas de promenade, tranquillement, jusqu'à la barricade qui fermait le boulevard Voltaire, pour y tomber foudroyê, en hêros.

     E. ZOLA *La débacle.*

Evidentemente non mancarono alla Comune arditi ed eroici difensori, uomini e donne d'azione pronti al sacrificio supremo per la difesa del nuovo assetto politico-sociale. Mancarono forse gli uomini d'intelletto, i guidatori di folle, i dirigenti insomma che sapessero usare della forza materiale umana di cui disponevano? Ardua è la risposta! L'insistenza di Giuseppe Garibaldi a consigliare da Caprera la nomina di un Dittatore e le critiche acerbe e sincere che lo stesso Garibaldi ed altri veri liberali e competenti nel giudizio mossero più tardi ai membri della Comune, sono tali da impensierire ed impressionare. Pure non mancarono fra i membri della Comune uomini pratici, intelligenti e pronti ad ogni sacrificio; mancò loro forse l'appoggio, la solidarietà dei compagni, o il tempo per organizzare, per manifestare le loro attività, troppo pressati dall'esercito invasore?

Magnifica sopra tutte è la figura di CARLO DELESCLUZE.

Nato a Dreux nel 1809, pubblicista e repubblicano, conobbe le barricate del 1830, del '32, del '34 e del '48, fu carcerato e fu deportato tanto dall'Impero perchè repubblicano, quanto dalla Repubblica perchè favorevole ed un governo di popolo non di privilegiati. Quattro anni nel bagno di Tolone, poi deportato a Caienna. L'amnistia che successe alla battaglia di Solferino (1859) lo rimise in libertà invecchiato e sofferente. Fonda il giornale *Le Reveil* e continua l'opera sua di pubblicista ribelle ad ogni tirannide; nel 70 è deputato d'estrema sinistra e nel Gennaio '71 arrestato è chiuso a Vincennes... evidentemente al Delescluze era fatale tanto l'Impero quanto la Repubblica! Deputato dell'Assemblea Nazionale propone lo stato d'accusa contro il Governo della Difesa Nazionale per alto tradimento. Scoraggiato per l'atteggiamento reazionario della Camera francese si ritira a Parigi come dimissionario, ma la Comune lo coglie e lo nomina suo membro il 26 marzo.

«Egli, scrive nelle già ricordate Memorie Arturo Arnould, vecchio giacobino, tagliato sul modello di bronzo degli uomini della Convenzione, di cui si può dire fosse l'ultima incarnazione, egli, che apparteneva ad una generazione poco al corrente delle questioni sociali si accorse presto che dava la sua vita ad una causa, la causa socialista, della quale parecchi principii contraddicevano, combattevano persino talune delle sue convinzioni più care. Le sue simpatie non erano per il socialismo, ma là era il popolo, là fu la sua volontà. Si inchinò e fece stoicamente tutti i sacrifici necessari».

Mentre i vincitori nella guerra fratricida si avanzavano cautamente dalla periferia al centro di Parigi attraversando giardini, smantellando le case fiancheggianti le barricate, compiendo stragi di eroici combattenti e di innocenti e tranquilli abitanti, mentre i generali della borghesia caracollavano sui cadaveri aizzando gl'incoscienti soldati all'eccidio, Delescluze, reggente il Ministero della Guerra dell'agonizzante Comune dava le ultime disposizioni di una difesa impossibile, salvava dalla morte alcuni soldati prigionieri che gli eran stati portati innanzi e poi la sera del 25 tranquillamente, preso il suo bastone da passeggio s'avvia, cinto della sciarpa fiammeggiante, verso il boulevard Voltaire dove resisteva ancora una delle ultime barricate.

Incoraggia e stringe la mano ai combattenti ed eretta l'esile persona, alta la fronte, sale sul voluto Calvario e cade fulminato! Solo Dante Alighieri avrebbe potuto e saputo immortalarlo per la sua vita e per la sua morte!

Raul Rigault

E tacere di Raul Rigault il Procuratore della Comune, non sarebbe ingiustizia e tradimento? Forse perchè la borghesia ha serbato tutti i suoi strali, tutte le sue calunnie le più immonde verso questo socialista ucciso a bruciapelo da un carnefice monturato che avendogli imposto di gridare: abbasso la Comune, si sentì urlare sul muso: Viva la Comune? Forse perchè su di lui pesa la responsabilità di aver provocato l'arresto degli ostaggi borghesi e di averne fatti fucilare una parte per rappresaglia contro le infamie di Versailles? L'orrore della guerra civile, della guerra fratricida voluta dai potenti, di Versailles unicamente per ragioni di supremazia politica e l'orribile visione delle stragi e delle selvagge repressioni non giustifica l'operato di Rigault? E non fu forse l'eccesso di umanità che fin dal principio travolse il fato della Comune assalita da nemici che avevano scritto sulla loro bandiera: «Solamente la forza è il nostro diritto»?

La colonna Vendome

Sul centro della piazza Vendome, Napoleone I fece erigere nel 1810 alla gloria della Grande Armata per le vittorie del 1805 sugli austriaci e sui russi, una monumentale colonna, imitazione di quella di Trajano in Roma, di 43 metri d'altezza e di 4 metri di diametro, fusa coi cannoni di bronzo tolti ai nemici. Al vertice della colonna stava la statua del per poco fortunato condottiero.

La Comune decretò «essere la presenza della colonna Vendome un insulto perpetuo all'umanità e la negazione della fraternità dei popoli, quindi doversi demolire!»

Quanti lai, quante recriminazioni, quante bestemmie si scagliarono contro i comunardi per tale decisione e per l'effettuato abbattimento!

Riferisce Elia Reclus: (16 maggio 1871): La folla era enorme e stazionava sulla piazza e nei dintorni da parecchi giorni in attesa del grande avvenimento. La colonna era stata segata obliquamente rasente al piedestallo ed al disotto di questo si era scavata della terra rimpiazzandola con puntelli di legno. Delle corde passate al collo del falso grand'uomo di bronzo s'arrotolavano intorno a degli argani. A cinque ore e trentacinque minuti di sera, ad un semplice avviso di fischietto, senza alcun colpo di cannone, gli argani girano, i puntelli cadono, la statua lentamente s'inchina a tergo volgendo lo sguardo verso il cielo. Patatrac! Giace sul letamaio approntato, profondo da venti a trenta piedi, l'oltrepassa e s'affonda nel bitume sottostante. Ancora per aria la Colonna si spezza, la testa dello spergiuro si stacca dal busto, il braccio dell'omicida si rompe, la mano che teneva la Vittoria è in pezzi.

«Viva la Repubblica universale» — si grida da ogni lato. Malgrado nubi di polvere, i più curiosi si avvicinano. Come, lo strato di bronzo era così sottile? Come, questo falso imperatore romano che si credeva tanto grande era invece così piccolo? E da vicino com'è volgare e laida la sua faccia!...

«La caduta della colonna Vendome è l'idea napoleonica strappata dal cuore della Francia. Io non so se si rialzerà un giorno sul suo piedestallo, se si rappezzerà questo vecchio bronzo, come certi accattoni racconciano le vecchie zuppiere infrante, ma lo so che il colpo che rompe l'idolo è mortale per il dio. Io non so se a noi fragili, effimeri esseri, svolazzanti per trenta, quaranta o cinquant'anni dall'esile filo d'erba alla fragile canna, sarà concesso entrare in un mondo novello... ma io so che decisamente l'istinto ha preso forma nella coscienza del popolo, il quale dopo aver veduto le onte i delitti e gli orrori dei campi di battaglia, aspira ora al giorno felice della Pace universale e della Fratellanza internazionale».

La colonna Vendome, simbolo di brutale imperialismo risorse; la Comune soltanto giacque nel sangue, atterrata dalla prepotenza della forza dei dominatori. Quel fragile ed effimero essere che si chiama Uomo, ha mal calcolato la maturanza dei tempi.

Il veleno della sottomissione e dell'ubbidienza ai dogmi dell'autoritarismo fu inoculato nella coscienza dei popoli per una serie troppo lunga di generazioni perchè il controveleno della libertà possa in breve tempo addimostrare la sua efficacia e liberare l'individuo e la Società umana dai ceppi che l'avvinghiano. Occorre che il concetto libertario penetri ben più profondamente nelle coscienze umane e ben più si estenda diffondendosi dai maggiori centri che costituiscono i gangli nervosi dell'umanità ai minori e più lontani delle campagne, avvolgendo tutta la società umana, perchè i mostruosi monumenti eretti a trionfo della barbarie autoritaria, abbiano ad essere distrutti e dimenticati per sempre.

PARTE III.

LA TRAGEDIA – 22-26 Maggio 1871
«Da questa domenica di Pentecoste (22 Maggio) non può esservi pace nè tregua fra i lavoratori francesi e i loro carnefici.»

(Manifesto dell'Internazionale).

La settimana di sangue

21 Maggio 1871. — Domenica, sera verso sette ore discendono da Passy gruppi di guardie nazionali che annunciano l'invasione dei Versagliesi in Parigi. La Porta d'Auteuil, indifesa, è stata segnalata agli assedianti da una spia!

...Il generale Dombrowski ne fa avvertito il governo centrale e Jules Vallès, che presiedeva quella che fu l'ultima riunione dei Membri della Comune, dopo breve discussione, deliberato di rendersi ciascuno nel suo circondario per organizzare la suprema difesa, dichiara sciolta la seduta, poi... la morte, la deportazione, l'esilio!

22 Maggio. — Giorno votato alla dea Barricata! Scrive Malon: «Dalle 2 del mattino la generale e l'allarme rimbombano in Parigi. Alle barricate! Si grida da ogni parte. Uomini, donne, fanciulli, tutti gli amici della Comune si mettono all'opera e qualche ora dopo la città sorpresa era riuscita a porre delle centinaia di barricate tra sè ed i nemici. Già la battaglia tuonava da Batignolles a Montparnasse».

«Le barricate sorgono dal suolo, scrive Jezierski. (*La bataille des sept jours*), allo sbocco di ogni via, all'angolo di ogni piazza, perfino nei quartieri ostili alla Comune, quali la Borsa, l'Opera, il San Germain; il grosso dei federati invade il centro di Parigi, sceglie i posti per la difesa; un primo cordone è tracciato, tutti si pongono all'opera, ogni passante deve portare la sua pietra per la costruzione della barricata. Dai quartieri alti i battaglioni discendono dai bastioni al centro della città colla musica in testa e trascinando i loro cannoni. Nelle file si trovano molte donne col fucile in spalla e in veste succinta come i loro camerati. Si vede sfilare, al canto della marsigliese, un battaglone composto esclusivamente di donne».

«Nel mattino di lunedì, riporta il *Daily News*, non v'erano più di quattro barricate, nell'interno di Parigi, alle dieci le vie erano già impraticabili. Uomini in blouse, signori in abito nero, donne in cenci e donne in abiti di seta erano egualmente requisite e lavoravano con energia a sovrapporre pietre e sacchi di sabbia. Notevoli molti fanciulli che maneggiavano zappe e picconi alti più di loro e cantavano la marsigliese. Le Tuilleries presentavano un aspetto curiosissimo. I magnifici giardini erano ingombri di cannoni ed io dovetti camminare nel mezzo della via, poichè si gettavano a profusione dalle finestre materassi, sedie, mobili di ogni specie, che venivano tosto trasformati in barricate. Sparsi su tutta la piazza erano dei cannoni; l'aspetto dei difensori rivelava speranza e risolutezza. La moschetteria, il cannoneggiamento, le grida degli uomini, le risa ed i canti dei ragazzi, il rumore dei picconi, le esortazioni delle donne agli uomini «perchè s'affrettassero al lavoro, formavano un concerto di terribile fascino».

Altrove le barricate sorgevano in mezzo ad un profondo silenzio; non si udiva che il rumore sordo delle pietre ammucchiate le une sulle altre e le voci gravi dei federati: Un po' d'aiuto cittadini; è per la vostra libertà che noi andiamo a morire».

L'esercito Versagliese mirava a cacciare i rivoluzionari a Belleville; dal Trocadero e dall'Arco di Trionfo, posti di già occupati, cannoneggiavano e mitragliavano la terrazza delle Tuilleries e quella di Montmartre occupate dai Comunardi. Ogni ora, ogni minuto, l'esercito invasore, forte di oltre 100.000 uomini, guadagnava terreno e sulle barricate abbattute, sconvolte, rosseggianti di sangue, disseminate di cadaveri, la bandiera tricolore veniva a sostituire il fiammante vessillo della Comune!

Non si dava quartiere ai difensori e subito in quel giorno cominciarono le fucilate in blocco e l'orribile scempio di esseri umani, compiuto brutalmente, ferocemente in odio a chi aveva osato ribellarsi contro il governo di Versailles!

23 Maggio. — Un appello è lanciato dalla Comune ai soldati:

«Fate come i vostri fratelli del 18 Marzo!

«Abbandonate le file!

«Entrate nelle nostre case!

«Venite a noi, in mezzo alle nostre famiglie, voi sarete accolti fraternamente e con gioia!»

Inutile tentativo! «Questo appello, scrive Lissagaray, che non potè pervenire ai soldati neppure in un solo esemplare, rivela l'ultima illusione di molti dei Membri della Comune; i quali, nella massima buona fede, credettero alla defezione dell'armata, non appena entrata in Parigi!».

I soldati di Versailles ormai ubbriachi e fanatici non vedevano più che sangue e distruzione...

Ecco come procedevano: «(*Malon*) Giravano tutte le posizioni secondarie non attaccando che i punti centrali. E l'attacco avveniva in questo modo: si piantavano cannoni e mitragliatrici agli angoli della strada della quale si voleva impadronirsi; si spingevano avanti per tirare e si ritraevano celermente per ricaricare al coperto. Intanto i soldati invadevano le case e mentre alcuni dirigevano dalle finestre un fuoco omicida sui federati, gli altri rompevano i muri e, di casa in casa, s'avanzavano per l'interno fino al piede della barricata. Allora da ogni finestra delle case circostanti, tiravano a colpo sicuro sui comunardi, che cadevano fulminati. Approfittando del panico, circondavano poscia la barricata e fucilavano immediatamente i federati non caduti alle prime scariche. Accadevano cose orribili! il sangue scorreva a fiotti fra grida strazianti; poi l'ufficiale gridava: bravi! (Io udii questo grido all'assalto della barricata di via des Dames a Batignolles). I soldati lasciavano il posto, dopo aver fatto un cumulo di cadaveri. Talora i Versagliesi si ponevano bene al coperto e sparavano ininterrottamente contro i federati, fino a che questi avevano esaurite le loro munizioni, poi s'avanzavano a passo di corsa, in numero dieci volte superiore e prendevano tutti i difensori della barricata che fucilavano di solito immediatamente. Fu allo scopo di parare questa tattica singolare che si ordinò ai capi delle barricate di far saltare e d'incendiare le case circostanti alle barricate centrali, affine di forzare i soldati ad avanzare allo scoperto».

«...Ed eccoci giunti al momento in cui la natura della guerra portata dai Versagliesi in Parigi acquista il suo vero carattere. Le lugubri detonazioni dei plotoni d'esecuzione, fucilanti i prigionieri, si confondono col rumore terribile della battaglia; già il parco Monceaux è coperto di cadaveri; dodici federati sono presi alla difesa di una barricata e fucilati. Tutti coloro che sono colti isolati sanno la loro sorte. Nel quartiere delle Epinettes, tutti i federati che si poterono catturare sono condotti alla porta Clichy e fucilati. Tra questi v'erano tre donne, sospette d'aver dato mano alla difesa d'una barricata.

«Un soldato a Batiginollés (v. V. d'Esboeuf: *La verité sur la Commune et les versaillais*), stanco di uccidere, rifiuta di fucilare donne e fanciulli inoffensivi: è immediatamente messo a morte per ordine dell'ufficiale. Un uomo mentre usciva di casa per provvedere cibo alla famiglia è arrestato e trascinato dalla soldataglia, la moglie col bambino in braccio corre per dimostrare la sua innocenza e salvarlo, ma non è ascoltata e poichè gli s'avvinghia per strapparlo si fucila marito, moglie e bambino; il medico Izquierdo si precipita per salvare il bambino che respira ancora... è preso e fucilato anche Izquierdo!

«A piazza Blanche, riferisce Lissagaray, le centoventi donne che difendevano quella barricata tennero in iscacco per quattro ore le truppe di Clinchant. Soltanto ad undici ore, estenuate e prive di munizioni furono sopraffatte dagli assalitori e quelle che non possono fuggirne vennero massacrate sul posto. La barricata di piazza Pigalle non potè essere vinta che dopo tre ore di lotta ed ivi s'eran rifugiate le superstiti di piazza Blanche. Le ultime sopravvissute s'avviarono verso la barricata del boulevard Magenta. Ma non una si salvò! È uno dei numerosi episodi di questa barricata divenuta leggendaria».

A due ore del pomeriggio Thiers, che spiava i movimenti delle truppe può telegrafare ai suoi prefetti: «Vi sono 90000 uomini in Parigi. Il generale de Cissy occupa la stazione di Montparnasse fino alla Scuola Militare. I generali Douay e Vinoy aggirano le Tuilleries, il Louvre, la piazza Vendome e si dirigono verso l'Hotel de la Ville. Il generale Clinchant, padrone dell'Opera, della stazione Saint-Lazare e di Batignoles conquista la barricata di Clichy. Due divisioni del generale Ladmirault aggirano Montmartre. Il generale Montaudon ha preso Neuilly, Levallois-Perret, Clichy ed attacca Saint-Ouen; ha preso 105 cannoni e molti prigionieri. La resistenza degli insorti cede poco a poco e tutto fa sperare che se la lotta non finisce oggi stesso, finirà domani; il numero dei prigionieri è dai 5 ai 6 mila e domani raddoppierà».

Adagio, signor Thiers, troppa fretta!

«Intanto la notte dal 23 al 24 la Senna è tutto un fuoco e dai suoi ponti che appaiono d'un candore brillante, la si vede, gigantesco specchio riflettere le sue rive infiammate. Le fiamme irritate sembrava si volgessero contro Versailles per dire al vincitore che rientrava in Parigi: tu non troverai più il tuo posto ed i vasti monumenti monarchici non ospiteranno più monarchie!».

Ahimè! soggiunse Luisa Michel, a mille e mille son tornati colla borghesia i re capitalisti!

24 Maggio. — «A dieci ore, l'Hotel de Ville non è più che un braciere ardente. Il vecchio edificio testimonio di tanti spergiuri, dove tante volte il popolo installò poteri che sempre si rivolsero contro di lui, non doveva sopravvivere al suo vero padrone!».

I quartieri presi dai Versagliesi si trasformano in macelli. La sete di sangue è così ardente che i Versagliesi uccidono persino i loro stessi agenti che muovono ad incontrarli! Si è ancora padroni dell'XI Circondario ed i membri della Comune superstiti si riuniscono alla Biblioteca. Delescluze si leva tragico e colla sua fievole voce domanda che i membri della Comune, cinta la sciarpa, passino in rivista i battaglioni! Si applaude! — A pronta risposta del nobile appello dei militi della Comune entrano tumultuosamente nella sala circondano con affetto Delescluze e manifestano ancora la loro speranza nella vittoria! O si vincerà, o Parigi morrà invitta!

— A la Roquette, i Comunardi, esasperati dalle infamie compiute dai Versagliesi, fucilano alcuni prigionieri trattenuti come ostaggi. Questo eccidio fu voluto da Thiers che non concesse alla Comune la libertà di Blanqui anteriormente invocata in cambio dei prigionieri stessi e da coloro che premeditarono ed ordinarono le stragi di Parigi. Del resto fu errore, fu infamia? Sia! Di fronte a 100 vittime della Comune stanno almeno 50 mila vittime della borghesia e sta la gravissima e feroce provocazione ed il terribile esempio!

25 Maggio. — (*Lissagaray*). — A cinquanta metri dalla barricata di Chateau-d'Eau, dove Vermorel, membro della Comune, fu mortalmente ferito, le guardie che accompagnavano Delescluze si ritirarono precipitosamente perchè i proiettili e gli obici piovevano all'entrata del boulevard. Delescluze continua il suo cammino. La scena è impressa per sempre nella nostra memoria. Il sole era al tramonto. Senza guardare s'era seguito, avanzava sempre. Noi lo vedemmo distintamente, era il solo essere umano sul boulevard. Arrivato alla barricata, volge a sinistra e sale sul marciapiede. Per l'ultima volta, la sua faccia austera, inquadrata nella bianca barba ci apparve rivolta verso la morte. Di colpo sparve; cadeva come fulminato sulla piazza di Chateau-d'Eau. Sì fu la sua ricompensa di morire per la Rivoluzione, le

mani libere, guardando il tramonto, alla sua ora, senza essere afflitto dalle mani del carnefice».

Nella mattinata Delescluze aveva scritto a sua sorella la lettera seguente:

«Mia cara sorella,

«Io non voglio nè posso servir di gioco e di vittima alla reazione vittoriosa.

«Perdonami s'io me ne parto prima di te, di te che mi hai sacrificata tutta la vita.

«Ma io non mi sento il coraggio di subire una nuova disfatta, dopo tante altre!

«T'abbraccio mille volte, quanto t'amo. A te volgerò l'ultimo mio pensiero prima dell'eterno riposo.

«Io ti benedico, mia carissima sorella, benedico te che sei stata la sola mia famiglia dopo la morte della nostra povera madre.

«Addio, addio, t'abbraccio ancora.

«Tuo fratello, che t'amerà fino all'ultimo momento.

«*A. Delescluze*».

(*E. Reclus*). — La riva della Senna è intieramente occupata dai Versagliesi che, padroni del fiume e d'una metà intiera della città avanzano sempre restringendo i Comunardi in angusti spazi. La dolorosa fine fatale è ormai d'una schiacciante evidenza. Eppure le guardie nazionali resistono sempre, non cedono terreno, lo conservano fin che han vita e morti lo conservano ancora coi loro cadaveri. Un pugno di vili e di faziosi! Così li chiamava Thiers!...

...Si dice che i soldati siano 200.000 contro 50.000 della Comune. Un quarto di milione d'uomini figli della stessa madre. Di Parigi, loro amore e loro orgoglio, fanno una rovina fumante! Sono 200.000 schiavi contro 50.000 liberi o che vorrebbero essere liberi. Gli uni uccidono, arrestano e demoliscono per conto dei loro padroni e signori; gli altri si difendono, difendono i loro focolari, difendono le loro idee. I 200.000 sono innocenti perchè bestiali e stupidi, i 50.000 sono eroici, ma periscono e con loro perisce lo spirito di tutta una generazione.

26-27-28 Maggio. — Epiche giornate d'eroismi innumerevoli, di viltà abbominevoli: l'amore e l'odio, la fede sublime che spinge al martirio, che cinge d'aureola la vittima, e la perfidia del Maramaldo che gettata la paura segue le schiere vittoriose e addita il ribelle allo sgherro omicida: l'altruisco dell'ospite che espone la sua vita per la salvezza di uno sconosciuto che pur gli è fratello, la brutale vendetta del denunziatore, tutte le passioni più nobili e più bestiali si scatenarono in quei giorni in quella moderna Babilonia, mentre come belve feroci inseguite da numerose mute di segugi affamati, gli avanzi dell'esercito della Comune invano cercavano un ultimo riparo fra le violate tombe del Cimitero du Père Lachaise.

Episodi di eroismo e di viltà, di coscienza e di incoscienza; teatro, le strade e le piazze parigine; personaggi tutti, senza distinzione d'età nè di sesso.

Si legge sul *Figaro* di quell'epoca:

«L'eroismo va talora, a nascondersi in mala guisa. Noi riportiamo come assolutamente autentico il fatto seguente: Una barricata di rue du Temple è presa dalla truppa. Fra i prigionieri presi di fronte al Caffè Dodar si trova un ragazzo di circa quindici anni. L'azione fu viva, i soldati si trovano nello stato di esaltazione che segue un grave combattimento: i prigionieri non hanno capitolato; sono stati presi colle armi alla mano, devono morire, è la legge di tutte le guerre, anche della guerra civile! (*cinica e preziosa confessione!*). Arriva la volta del ragazzo; lo si spinge al muro per finirlo. Domanda di parlare al capitano. Questi s'avanza e gli chiede che vuole. «Io vorrei, dice il fanciullo, togliendo l'orologio dalla tasca, portarlo al portinaio di fronte, egli saprà a chi consegnarlo». Il capitano, pur nella febbre della lotta, non vede nel ribelle che un ragazzo, indovina l'infantile sotterfugio del poveretto. «Va, gli dice brutalmente, e spicciati». I soldati comprendono.... Quando d'improvviso e correndo come se si trattasse d'affare urgente, il ragazzo riappare, si mette davanti ai soldati, la schiena al muro, e dice: «Eccomi qua!». Il capitano guarda i suoi uomini, questi guardano il capitano, tutti sono attoniti! Il comandante ha un'idea, s'avanza furioso verso il fanciullo, lo prende per le spalle, gli sferra un calcio a tergo e l'allontana dicendogli: «ma vattene dunque f.... biricchino!».

Fu quest'atto d'eroismo del quindicenne rivoluzionario che ispirò a Victor Hugo una delle più belle poesie de l'*Annêe Terrible*.

(*E. Reclus*). — La Bastiglia, presa, i quartieri popolari du Temple, di Sant'Antonio, di Belleville sono ancora in mano dei ribelli. Sotto il cielo fosco di nubi i colpi di vento apportano lo stridore lacerante delle mitragliatrici, i proiettili colpiscono nelle ultime barricate col rumore della tempesta. Laggiù almeno i combattenti sono uccisi nell'ardore e l'eccitamento della lotta, non sono assassinati come qui. Gli abitanti del quartiere cominciano ad uscire, vanno ad informarsi e ritornano con terribili notizie. Le rive del fiume e le vie sono disseminate di cadaveri. In certe località si trovano mucchi d'uccisi. Si trasportano i morti a carrettate e si seppelliscono in fossati profondi ricoperti di calce viva, altrove si aspergono di petrolio e poi si abbruciano; è stato veduto un seguito di dieci o dodici omnibus ripieni di avanzi umani. Un amico che ci apporta notizie ci mostra le suole delle sue scarpe impregnate di sangue... Dai due lati della Senna un rigagnolo rosso scorre lungo le rive... In molti luoghi sono ammucchiati armi infrante, kepis, camiciotti, abiti stracciati, carte, registri bruciacchiati, ancora fumanti.

...Tutto il mattino (Domenica 28) si è inteso tuonare il cannone, lo si sente ancora e vuol dire che tutto non è finito! Il cimitero du Pére Lachaise, circondato di alta muraglia, dominante Parigi, colla molteplicità delle sue tombe e capelle è l'ultimo punto di resistenza dell'insurrezione... insurrezione! parola ufficiale, la parola della sconfitta, e che noi non dovremmo usare. Ogni vinto è fatalmente, un insorto!

Ci si narra che al boulevard del Principe Eugenio, da la piazza du Chàteau-d'Eau alla Bastiglia, il massacro fu spaventoso; dopo la presa della caserma i soldati gettavano dalle finestre le guardie nazionali morte o morenti. Gli uffici municipali sono ingombri di cadaveri, ve ne sono giacenti in tutte le strade e l'aria ne è infetta. Già si vedono dei cani correre trascinando brani di carne umana! Si notano fra i morti molti anziani: sono i federati del 48, quelli che hanno resistito all'influenza snervante dell'impero e che all'impero sono sorvissuti.

(28 Maggio sera). — Circondato, attaccato da ogni parte, il cimitero du Pére Lachaise fu invaso dalle truppe rurali. Gli ultimi difensori della Comune sono stati massacrati!

«Forse si è chiuso un periodo storico. Uno nuovo comincia. È finita per la nostra generazione, destinata certo ad essere la spettatrice impotente, la vittima dolente di una reazione balorda e furiosa... Avvenga che vuole! Noi non cediamo. Noi siamo mortali, ma la nostra causa è immortale. Se noi non trionfiamo, la vittoria sarà dei nostri figliuoli o fors'anche dei nostri nipoti. Perirà la civiltà, non il nostro ideale sociale. Il vecchio mondo è basato sui privilegi dell'ozio, il mondo nuovo si basa e si baserà sui diritti del lavoro. Un tempo il lavoro era schiavo, divenne servo, oggi è sfruttamento; sarà libero ed attraente piaccia o non piaccia ai carnefici della Comune!»

APPENDICE

Come gli storici della borghesia hanno riferite le vicende della Comune. – Pensieri sulla Comune di Parigi.

CESARE CANTÙ – Storia Universale

(Tomo duodecimo pag. 119).

«Era facile aizzare le plebi contro queste dolorose, eppure inevitabili condizioni; in ogni dove prorompeano demagoghi, eccitati da Hugo, da Gambetta, da Fleurens, da Delescluze, da Pyat, e si erigeva un'altra assemblea in opposizione a quella di Versailles. In Parigi appena liberata dai Prussiani, cominciarono rube ed assassinj, sostenendosi quel partito di comunardi che delineammo, e che appena cessò di esser frenato, proclamò la Comune, con barricate, cannoni, mitragliatrici e orrori che trascendono quanto di barbaro si è veduto in questi ottant'armi. Portinai divenuti dragoni, speziali erettisi in colonnelli, cercavano occasioni di eroismo, mentre gli scienziati prometteansi miracoli da invenzioni fisiche e chimiche, dal picrato, dalla dinamite, dal sulfuro di carbonio, dall'azoturo di bromo, e inventavano bombe asfissianti che uccidessero a un colpo ducento mila *Versagliesi*, bruciarono il palazzo comunale e gli archivi del popolo, cioè gli atti di Stato civile, perdita irreparabile dei documenti della borghesia parigina. Risoluti a non lasciare che cadaveri e rottami, avevano accumulato barili di polvere sotto a interi isolati, preparato scoppi elettrici, bombe cariche di petrolio che sparpagliavano l'incendio, e dalle case in fiamme s'impediva uscissero gli abitanti; i ministeri, l'artistica casa di Thiers, i mercati, i granai, la colonna di Piazza Vendôme furono demoliti o arsi; negli ultimi giorni anche le splendidissime Tuileries. La internazionale vi applaudiva.

Entrata la frenesia di sangue si scannarono i detenuti; ottanta personaggi presi da costoro come ostaggi, furono fucilati, tra cui l'arcivescovo di Parigi e molti ecclesiastici. S'inventarono anelli contenenti finissimo veleno, e con un ago puntore forato; le donne fingendo accogliere i Versagliesi e stringerne la mano, dovevano così produrvi la cancrena. Questo disprezzo della vita propria e dell'altrui s'intitolava atto patriottico.

L'esempio veniva imitato, in altre città e tutta la Francia fu strage e devastazione, ben peggio che non avessero fatto i prussiani. Finalmente la truppa regolare potè sanguinosamente in Parigi domare la Comune (28 maggio) colla perdita di 3000 soldati parlamentari e migliaia di comunardi molti dei quali fucilati giudizialmente, e molte donnaccie, ch'erano state le megere di quella rabbia di disastri e demolizione. Si calcolò che ogni giornata di guerra civile costò 35 milioni.

L. CAPPELLETTI: Dal 2 dicembre a Sèdan. (Edizione Fratelli Bocca).

Dopo la guerra esterna, Parigi e la Francia vennero devastate anche dalla guerra civile, per opera delle due associazioni anarchiche e socialiste, cioè la *Comune* e *l'internazionale*. «Un miscuglio furibondo d'ignoranza e di perversità», per dirla colle parole di uno storico moderno, sorse a contaminare Parigi coi più orribili eccessi. I comunardi commisero inauditi vandalismi e sanguinose impudenze. Abbatterono la colonna della piazza Vendôme, simbolo della gloria francese; e, coll'aiuto del petrolio, distrussero i più superbi edifizî della metropoli, cioè le Tuileries, il Palazzo della Città, quello della Legion d'Onore e del Consiglio di Stato, la Biblioteca del Louvre e i suoi 80.000 volumi, il Ministero delle Finanze, venti altri edifizi e duecento case. I soldati francesi, comandati dal maresciallo Mac-Mahon, sottomisero Parigi e vi restaurarono la libertà, e l'ordine. E tosto cominciarono le condanne. Parecchi di quei ribaldi furono fucilati o rinchiusi nelle fortezze o deportati oltre mare. Si calcolò che ogni giornata di quella guerra civile costasse 35 milioni alla Francia».

E. REBECCHINI - VANNI TORTORA: Manuale di Storia Moderna ad uso delle Scuole Normali.
(Edizione Paravia e C.)

«La Francia avvilita, cercò frattanto di temperare i danni della terribile guerra. Ma, quando il governo di Thiers si accingeva, dopo i preliminari di Versailles, a richiamar la nazione alle feconde lotte del lavoro, ecco invece a Parigi la guerra civile. Le lunghe privazioni dell'assedio e il dolore prodotto dalla cessione dell'Alsazia e Lorena ai Prussiani avevano sollevato una minacciosa agitazione nel partito rivoluzionario, da cui già fin dall'ottobre era stato tentato un colpo per abbattere il governo. I rivoluzionari istigati a ribellione i battaglioni dalla guardia nazionale, rievocati i ricordi del 1793, istituirono subito col nome della Comune un governo rivoluzionario, e, impadronitisi di Parigi, tentarono anche di avanzarsi su Versailles, dove il Thiers andava intanto raccogliendo truppe contro gl'insorti; ma furono respinti. Asseragliatisi allora a Parigi, i Comunardi sostennero l'assedio delle truppe repubblicane guidate dal Mac Mahon, abbandonandosi intanto ai saccheggi, alle vendette, alle devastazioni, agli incendi. Soltanto, quando le truppe repubblicane, con le ultime battaglie presso il cimitero del Pére Laschaise, ebbero domata l'insurrezione (28 maggio), la triste guerra civile ebbe fine e cominciò inesorabile il castigo dei ribelli. Trentamila prigionieri furono condotti a Versailles, e numerosi consigli di guerra li giudicarono. Alcuni capi della Comune furono condannati a morte, ma la maggior parte degli insorti furono deportati nella Nuova Caledonia».

Dottor A. PROFESSIONE. Nuova Storia contemporanea — dal 1815 ai nostri giorni. — Editore
Gallizio di Torino.

«La Germania con le vittorie ottenute assicurava la sua compagine interna e il primato militare in Europa, e umiliava la Francia, che ebbe altresì a subire gli orrori della guerra civile per opera degli anarchici e socialisti, guidati da Pyat, Blanqui, Rochéfort e Cipriani. Costoro, impadronitisi della Città di Parigi, instaurarono il Governo della Comune (marzo 1871) commisero brutalità d'ogni maniera, e soltanto con le armi, con molto spargimento di sangue, furono domati, mediante l'energia di Mac-Mahon e di Gallifet (maggio), Parigi e la Francia non avrebbero potuto essere colpite più crudamente!

*
* *

Jean Jaurès nella *Histoire Socialiste* — Tome XI — Pag. 248. — (La parte che riguarda la *Storia
della Comune* è stata svolta da Louis Debruilh).

«La lotta scatenata dall'inettitudine napoleonica e dall'intrigo bismarkiano ha lasciato in Europa una profonda ferita: mutilazione di un popolo, generale sfiducia, militarismo universale. Come sbrogliare questo triste caos di odio e di violenza? Come fondare la pace sul diritto e rendere a tutti i popoli la padronanza di sè stessi senza provocare nuovi conflitti? È il segreto dell'avvenire: è il fosco enigma che solo il socialismo internazionale potrà sciogliere. Ciò che consola la coscienza in questo triste dramma si è che si sente di già il fremito della *forza dei lavoratori* che sarà la grande liberatrice e la grande pacificatrice ed è ciò che dà alla esplosione della *Comune* il suo significato imperituro ed il suo valore. La Comune fu la rivolta del diritto nazionale assassinato e l'affermazione di una idealità proletaria, nella quale tutte le nazioni si riconcilieranno per la giustizia».

*

Federico Engels nella Introduzione all'*Indirizzo del Consiglio Generale della Internazionale intorno
alla «Guerra civile in Francia* (dettato da Carlo Marx) scritta a Londra nel ventesimo anniversario
della Comune di Parigi (18 Marzo 1891):

«Il 7 aprile quelli di Versailles s'erano impadroniti del passaggio sulla Senna presso Neuilly, dalla parte orientale di Parigi; e però l'11, in seguito ad un attacco sul lato meridionale eseguito dal generale Eudes, furono sanguinosamente respinti. Parigi fu bombardata in continuazione e precisamente da quella gente che aveva bollato a fuoco il bombardamento della stessa città, per opera dei prussiani come una profanazione di cosa sacra! E codesta gente ora andava limosinando dal governo prussiano la pronta restituzione dei soldati francesi prigionieri di Sèdan e di Metz, i quali avrebbero dovuto riconquistare Parigi. Il graduale concentramento di tutte queste truppe diede ai Versagliesi, dal principio di maggio in poi, un deciso sopravvento...

«I membri della Comune si dividevano in una maggioranza, i Blanquisti, i quali avevano predominato anche anteriormente nel Comitato Centrale della Guardia Nazionale, e in una minoranza, composta di membri dell'associazione Internazionale dei lavoratori, derivanti in prevalenza dai seguaci della scuola socialista del Proudhon. I Blanquisti erano allora, per la gran parte, socialisti, ma soltanto per istinto proletario e rivoluzionario; pochi solamente erano arrivati a una maggiore chiarezza di principii, grazie al Vaillant, che conosceva il socialismo scientifico tedesco. Così si comprende come dal punto di vista economico furon trascurate parecchie cose che secondo la nostra concezione moderna, la Comune avrebbe dovuto compiere. Più che mai difficile a comprendersi rimane sempre il sacro rispetto col quale si arrestò in atto di devota soggezione innanzi alle porte della Banca di Francia. Questo fu anche un grande errore politico. — La Banca in mano della Comune rappresentava un valore maggiore che non diecimila ostaggi. Questa avrebbe determinata la pressione di tutta la borghesia francese sul governo di Versailles, nell'interesse della pace con la Comune...

«Si crede di aver già fatto un passo assolutamente audace, col liberarsi dalla fede nella monarchia ereditaria e col giurare sulla repubblica democratica. In realtà lo Stato non è che una macchina per la oppressione di una classe per mezzo di un'altra e ciò non meno nella repubblica democratica, che nella monarchia: nel migliore de' casi poi, esso non è che un male che vien passato in eredità al proletario riuscito vittorioso nella lotta per il predominio di classe e i cui peggiori vincoli non sarà possibile, come non fu possibile nella Comune, di recidere, finchè una nuova generazione cresciuta in condizioni sociali nuove e libere non sia in grado di scrollarsi dalle spalle tutto questo vecchiume dello Stato.

Carlo Marx — nell'Indirizzo del *Consiglio Generale dell'Associazione l'internazionale dei lavoratori* intorno alla guerra civile in Francia 1871.

«Diametralmente opposta all'impero era La Comune. Il grido di «repubblica sociale» col quale il proletariato parigino inaugurò la rivoluzione del febbraio non esprimeva che l'aspirazione indeterminata ad una repubblica, la quale non doveva soltanto metter da banda la forma monarchica della classe dominatrice, ma lo stesso dominio di classe. La Comune era la forma precisa di questa repubblica. Parigi, centro e sede dell'antico potere governativo, e nel tempo stesso centro di gravità sociale della classe operaia francese, Parigi si era sollevata in armi contro il tentativo di Thiers e de' suoi «junker» di ristaurare e di perpetrare questo decrepito potere governativo trasmesso dall'Impero; Parigi poteva solo offrir resistenza, perchè in conseguenza dell'assedio s'era disfatta dall'esercito al cui posto aveva messo una guardia nazionale composta principalmente di operai.

Questo fatto Parigi seppe ora convertire in una istituzione permanente. Il primo Decreto della Comune fu quindi la soppressione della milizia stabile e la sua sostituzione col popolo armato.

«La Comune fece una verità delle parole d'ordine di tutte le rivoluzioni borghesi «governo a buon mercato» sopprimendo tutte due le fonti principali delle spese, esercito e burocrazia. La sua semplice esistenza presupponeva la inesistenza della monarchia, la quale, almeno in Europa è la zavorra regolare e l'indispensabile mantello copritore del dominio di classe. Essa procurò alla repubblica la base di istituti realmente democratici. Ma nè il «governo a buon mercato» nè la «vera repubblica» era la sua mèta finale; l'uno e l'altra si produssero in seguito e da per sè.

La varietà delle interpretazioni alle quali soggiacque la Comune, e la varietà degli interessi che in lei si trovavano espressi dimostrano che essa era una forma politica eminentemente capace di espansione, mentre tutte le forme di governo antecedenti erano state in realtà reprimenti. Il suo vero segreto era questo: essa era in sostanza un governo della classe operaia, il risultato della lotta della classe produttrice con la classe usurpatrice, la forma politica finalmente scoperta, e in grazia della quale si poteva effettuare l'emancipazione economica del lavoro.

«Quando la Comune di Parigi prese in mano propria la direzione della rivoluzione; quando semplici operai osarono per la prima volta di toccare il privilegio di governo de' loro «Superiori naturali» i possidenti, e, in circonstanza di difficoltà senza precedenti, disimpegnarono modestamente coscienziosamente, ed efficacemente il loro lavoro (e lo disimpegnarono per compensi, il più elevato dei quali, secondo un mallevadore cospicuo e uno scienziato come il prof. Huxley, era appena il quinto del compenso minimo di un segretario del consiglio scolastico di Londra) allora il vecchio mondo si agitò in convulsioni furibonde allo spettacolo della bandiera rossa che, quale simbolo della Repubblica del lavoro, sventolava dal palazzo di Città.

«La Comune aveva perfettamente ragione di gridare ai contadini: «La nostra vittoria è la vostra speranza!». Di tutte le menzogne ordite a Versailles e strombazzate dai famosi zuavi della stampa europea, una delle più colossali fu quella che gli *junker* agrari dell'Assemblea nazionale fossero, rappresentanti dei contadini francesi, si pensi soltanto alla tenerezza del contadino francese per quella gente, alla quale egli dopo il 1815 aveva dovuto pagare un miliardo d'indennità. Agli occhi del contadino la sola esistenza di un grande possidente è una usurpazione sulle sue conquiste nel 1789. Il borghese aveva aggravata nel 1848, la piccola proprietà del contadino coi 45 centesimi addizionali sulla lira, ma fece questo in nome della rivoluzione; ora egli aveva accesa una guerra civile contro la rivoluzione per addossare ai contadini il peso principale dei cinque miliardi di indennizzo di guerra accordati ai prussiani. La Comune, per lo contrario, dichiarava subito, in uno dei suoi proclami, che i veri provocatori della guerra avrebbero dovuto anche pagarne le spese. La Comune avrebbe sollevato il contadino dal balzello del sangue, gli avrebbe dato un governo a buon mercato e avrebbe [...] l'avvocato, l'usciere giudiziario, ed altri vampiri legali, in impiegati, assoldati dal Comune, scelti da esso stesso e di fronte a lui responsabili. La Comune lo avrebbe inoltre liberato dallo spadroneggiare della guardia campestre, del gendarme e del prefetto; e in luogo dell'oscurantismo dei preti avrebbe portata la luce del maestro. Ora Il contadino francese è sopratutto un uomo che calcola. Egli avrebbe trovato perfettamente ragionevole che lo stipendio del prete dovesse dipendere esclusivamente dalla cooperazione volontaria dei devoti delle sue parrocchie anzi che essere regolata dall'esattore delle imposte. Questi erano i grandi, incommensurabili benefici, che il governo della Comune — e solo esso — prometteva ai contadini francesi.

...La Comune era la vera rappresentante di tutti gli elementi sani della società francese e quindi il vero governo nazionale, era quindi nel tempo stesso, e come governo di operai e come audace propugnatrice dell'emancipazione del lavoro, nel pieno senso della parola, internazionale. Sotto gli occhi dell'esercito prussiano, che aveva annesso due Provincie francesi alla Germania, la Comune seppe annettere alla Francia i lavoratori di tutto il mondo.

Per trovare un riscontro alla condotta del Thiers e de' suoi sanguinosi accoliti, dobbiam ritornare ai tempi di Silla e dei due triumvirati romani. Lo stesso eccidio in massa, a sangue freddo; la stessa indifferenza nell'uccidere, di fronte all'età e al sesso; lo stesso sistema di martirizzare i prigionieri; le stesse proscrizioni, ma questa volta contro una classe intera, la stessa caccia selvaggia contro i capi nascosti, perchè non ne sfugga nemmeno uno; la stessa delazione contro i nemici politici e i personali; la stessa indifferenza nel sopprimere persone del tutto estranee alla lotta. Solo un divario: che i romani non possedevano ancora mitragliatrici per disfarsi in massa dei ribelli e non portavano «in mano la legge» nè avevano sulle labbra la parola «civiltà».

Dopo le Pentecoste del 1871, non vi può essere più nè pace nè tregua fra i lavoratori della Francia e coloro che si sono appropriati il prodotto del loro lavoro. La mano di ferro d'una soldatesca prezzolata, può opprimere per un certo tempo in un comune asservimento, e l'una e l'altra classe. Ma la lotta o presto o tardi deve scoppiare e dilagare più e più; nè v'ha alcun dubbio su chi sarà alla fine il vincitore: se i pochi usurpatori, o la immensa maggioranza di chi lavora. E i lavoratori francesi non costituiscono che l'avanguardia di tutto il proletariato moderno.

*

Dal volume «*Germania Imperiale*» del Principe Bernardo di Bulow, pag. 239.

Isolamento del socialismo. Il carattere del movimento socialista è rivoluzionario. Resta a sapersi se il socialismo si spingerà a gesta rivoluzionarie. I suoi scopi, ai quali non si può giungere che con una radicale trasformazione di tutta la vita pubblica, sono rivoluzionari *sans phrase*. Perciò, per questo movimento, valgono le esperienze che si sono già fatte con tutti i movimenti rivoluzionari. La storia dimostra che una corrente radicale raramente prevale senza una ragione palese, che il seguito che attira dietro a sè un partito radicale raramente ha una lunga influenza moderatrice, ma che nella maggior parte dei casi si presta ad aumentare la forza dell'urto e che è incline ad assimilarsi sempre più all'elemento radicale. Come in ogni partito, anche in quello socialista, gli elementi radicali hanno preso la direzione nei momenti decisivi, perchè alla massa del partito essi apparivano i più decisi.

Spesso si è manifestata l'opinione che il socialismo diverrà di tanto più innocuo e ragionevole, quanto maggiore sarà il numero di socialisti appartenenti alle classi colte del popolo. Una tale opinione rinnega l'esperienza. Gli uomini colti nel socialismo non sono il ponte, sul quale la massa del proletariato può avvicinarsi ai rappresentanti degli ordinamenti vigenti, ma bensì il ponte per il quale l'intelligenza si avvicina alle masse. Lo aggregamento degli intellettuali rende appunto seriamente pericoloso un movimento rivoluzionario. La storia insegna che i movimenti rivoluzionari possono trionfare quando lo stato d'animo degli intellettuali, dell'intelligenza borghese, è favorevole all'impulso delle masse. Così avvenne nella rivoluzione francese. Finchè il retto giudizio e la forte volontà di un Mirabeau mantenne la borghesia liberale unita alla monarchia e lontana dai giacobini, fu possibile un governo relativamente tranquillo della Francia nelle forme di un regno costituzionale. Quando dopo la sua morte, la Gironda si avvicinò alla Montagna e la borghesia si alleò colle masse urbane contro i partigiani dell'antico regime e i monarchici costituzionali, fu suggellato e suggellato per sempre il destino della monarchia e della Francia antica.

Ad una coalizione simile fra testa e braccio cedette nel 1830 la restaurazione della monarchia legittima, dopo appena quindici anni di vita. Nel procelloso marzo del 1848, la rivoluzione ebbe successo, perchè le masse trovarono un appoggio e una direttiva nelle classi colte. Quando il proletariato ha lottato da solo, come nella lotta del Maggio a Parigi durante la Comune, ha avuto sempre la peggio. Un proletariato isolato, per quanto numeroso, è sempre una minoranza fra il popolo. Anche di fronte ai quattro milioni di elettori socialisti del 1912, ne stanno otto milioni di non socialisti. Abbandonato a sè stesso il proletariato non può raggiungere la maggioranza numerica nel popolo. Ciò non è possibile che nel caso che venga soccorso dalla borghesia. È ciò che si deve evitare prima di ogni altra cosa. Il socialismo non può venire isolato che allontanando da lui il liberalismo e attraendo questo verso il Governo e verso la destra. Ma a ciò non si riesce con untuosi ammonimenti al liberalismo, di tenersi lontano, per l'amor del cielo, dal vicino rosso. Il distacco del liberalismo dal socialismo non si può ottenere che nel campo della politica pratica, con un idoneo raggruppamento di partiti. Nel compito di staccare il socialismo dall'intellettualità borghese si ha una delle ragioni, per le quali anche i ministri che nel loro intimo sono assolutamente o principalmente dei conservatori, devono governare in modo da non alienarsi i liberali.

Garibaldi
La Comune – L'internazionale

Riflettano gli ex-compagni interventisti su queste righe dettate da chi conosceva a fondo l'anima di Garibaldi ed i tempi in cui visse. Sono di una celebre donna: JESSIE W. MARIO.

«Dopo il 1870, l'unità materiale (d'Italia) compiuta, egli, (Garibaldi) come tutti i veri fautori di essa, rimase deluso e fremente. Ogni suo detto e scritto rivela l'amarezza dell'anima sua. Cosa era quest'Italia fatta a forza di ecatombe di morti, di fiumi di sangue, di miriadi di vittime, e di martiri? Cosa era se non il fedecommesso di un Papa e di un Re? L'Italia per gl'Italiani? Che! L'Italia per i preti, per il re, per la sua corte, per i suoi ministri, per i suoi prefetti, per i sottoprefetti, per i generali, per gli impiegati. Quella Italia da lui sognata nel lungo esilio, sui campi di battaglia, ferito e prigioniero nella solitudine di Caprera, dov'era? Non esisteva ma bisognava crearla, liberandola dagli usurpatori domestici, come la si era liberata dagli oppressori stranieri. E guardandosi intorno si gettò, come sempre, sui campi di battaglia con ciò che gli sembrava l'avanguardia, coi comunardi di Parigi, coll'Internazionale che egli chiamava «il Sole dell'avvenire».

(Jessie W. Mario – Garibaldi e i suoi tempi pag. 808).

*

«La vita vera del Genio, che è postuma, oggi comincia per Mazzini, perchè mentre la immagine di molti trionfatori si allontana dalla memoria de' nostri e si rincantuccia in alcuni libri più o meno eruditi, la figura di Mazzini emerge più viva di anno in anno. I moderati, che non lo intesero, cominciarono a smettere l'ira per le parole di lui contro la Comune: parole eccessive davvero, ma spiegabili in un uomo che aveva ad un grande Ideale consacrato quaranta e più anni di pensiero e di azione e che non poteva pensarlo sorpassato prima di vederlo adempito».

GIOVANNI BOVIO – *Dottrina de' partiti in Europa* – Discorsi politici e letterari. (Pag. 120-121).

*

Lettera 3 maggio 1871. — 1.ª di Garibaldi nei riguardi della Comune — almeno secondo l'epistolario di Garibaldi (raccolto dallo Ximenes).

Ai suoi amici di Nizza:

«Miei cari amici,

«Ciò che spinge i parigini alla guerra è un sentimento di giustizia e di dignità umana; è la grande famiglia nominata Comune che vuole fare e mangiare la *pissaladiera* (specie di focaccia usata dai nizzardi) senza domandare il permesso a Pekino o a Berna: non è già il comunismo come vogliono definirlo i neri detrattori del proletariato, cioè i partigiani del sistema, che consiste nel rendere ricchi i poveri ed impoverire i ricchi.

«Se in mia vita avessi avuto la fortuna di appartenere ad un'assemblea che non fosse composta di questi parassiti che d'ordinario abbondano nelle assemblee create dai preti o meglio dalla cancrena umana; se avessi, dico, assistito ad un Parlamento composto d'uomini onesti, avrei, fra l'altre cose, fatta la seguente proposta, della quale non è la prima volta ch'io ne parlo:

«Unione completa delle nazioni libere con un patto sociale di cui il primo articolo sarebbe la impossibilità della guerra, e Nizza capitale di questa unione europea.

«La posizione geografica della nostra città, il suo clima incomparabile ed i vantaggi di ogni sorta che essa presenta, assai più che un intimo egoismo di campanile mi spingono a questa scelta.

«Io non volli mai manifestare la mia opinione sulla sorte della mia terra natale, perchè non volli mai trarla fra le braccia dei d.... dal di qua piuttosto che dal di là del Varo.

«Vi ringrazio per ora della vostra preziosa ed affettuosa iniziativa, e spero che il vostro giornale tornerà molto utile al nostro paese.

«Vostro

«*G. Garibaldi*».

*

Il *Manchester Examiner* pubblicava con la data 10 ottobre la presente lettera inviata al signor Taylor:

«Caro amico,

«Io sono con Beccaria per l'abolizione della pena di morte e della guerra. Come potrei io approvare l'assassinio degli ostaggi? Tuttavia nello stesso tempo voi avete udito che i Versagliesi hanno commesso molti omicidii, più che non i Comunisti. Sempre il vostro:

«*G. Garibaldi*».

«Caprera, 6 Ottobre 1871».

*

Dalla lunga e famosa lettera-polemica contro Mazzini e suoi amici diretta all'avvocato Petroni, stralciamo i seguenti brani nei quali, malgrado il severo giudizio nei riguardi tattici dei Comunisti, giudizio sincero ma appassionato e basato su informazioni di fatto non esatte, risulta evidente l'animo di Garibaldi di virilmente difendere i vinti ribelli contro la canea mazziniana calunniatrice.

Questa lettera costituisce un documento della massima importanza per chi vuol studiare con serietà e sincerità gli ultimi episodii politico-sociali della vita di Garibaldi, che fu, bisogna riconoscerlo, sempre nobile e generoso anche nelle sue incoerenze e deficenze.

«...Chi vi ha spinto a gettar l'anatema sui caduti? I soli uomini che in questo periodo di tirannide, di menzogna, di codardia e di degradazione hanno tenuto alto, avvolgendosi morenti, il santo vessillo del diritto e della giustizia.

«Anatema su Parigi! e perchè? Perchè distrussero la colonna Vendòme e la casa di Thiers? Avete mai veduto un villaggio intero distrutto dalle fiamme per aver dato ricovero ad un volontario o ad un Franc-tireur? E ciò non solo in Francia, ma in Lombardia, nel Veneto e ovunque... Ma i parigini si servirono di petrolio per incendiare. E qui, deciso com'ero di non ricorrere alla favorita mia *antifona*, per non toccare la suscettibilità dei miei spigolatori, sono pure obbligato di parlare dei preti, e chieder loro, pratici come devon essere dei fuochi dell'inferno, la differenza che passa tra il fuoco attizzato dal petrolio e quello che gli Austriaci adoperarono per incendiare i villaggi del Lombardo-Veneto, già appannaggio dei fucilatori imperiali e regi di Ugo Bassi, di Ciceruacchio, i suoi figli, migliaia d'italiani, che commisero il sacrilegio di voler Roma e l'Italia libera.

«Thiers ed i *rureaux* erano veramente gente molto amabile, perchè i parigini dovessero inchinarsi davanti: e ne han dato molte prove della loro amabilità, nella distruzione di un popolo, che più di loro valeva.

«Io spero oggi, amico, che diradandosi le tenebre che copersero Parigi, sin oggi, e facendosi la luce sulle terribile realtà degli assassini di Versaglia, voi sarete più indulgente sugli atti suscitati dalla disperata situazione di un popolo che fu mal guidato, è vero, come succede in generale a popoli che si lasciano trascinare dalle ciarle dei dottrinari, ma, in sostanza, combattè eroicamente pei suoi diritti.

«Dicano ciò che vogliono i detrattori di Parigi; essi non giungeranno a provare che pochi male intenzionati e stranieri, come dicevano a noi nel 48 in Roma, hanno fatto una resistenza di tre mesi contro un grande esercito, spalleggiato dal potentissimo esercito di Prussia....».

(Vedi Raccolta Ximenes, pag. 384 e seg., vol. I, lettera datata da Caprera, 21 Ottobre 1871).

*

In un poscritto ad una lettera diretta al marchese F. Villani, Garibaldi scrive:

— «Voi siete una Commissione d'assassini» diceva Ordinair alla Commissione di Grazia de' Versagliesi. E ciò fa bene al cuore, sentire una maschia parola di verità da un uomo onesto. E Ordinair, mi compiaccio manifestarlo ad onore dell'umanità, è un uomo onesto, e noi dobbiamo a lui una parola di lode».

*

Al signor Ferrero Gola che gli aveva mandato l'opuscolo: «Episodi della Comune di Parigi»:

«Caro Ferrero Gola,

«Grazie per gli *Episodi della Comune di Parigi*, che già lessi con molto interesse nella *Plebe*. Io sono dolente di non esservi stato compagno nella gloriosa difesa di Parigi. Vostro affezionatissimo.

«*G. Garibaldi*».

«Caprera, 21 Maggio 1872».

*

Nella lettera ad Achille Bizzoni di Milano: «La caduta della Comune di Parigi fu una sventura mondiale: essa ci lasciò la funestissima eredità d'un esercito permanente, che serve di puntello ad ogni tirannide...».

P. Kropotkine e la Comune

Nel luglio 1870 incominciava la terribile guerra franco-tedesca, nella quale Napoleone III e i suoi consiglieri si erano lanciati per salvare l'Impero da una rivoluzione repubblicana imminente. La guerra portò una disfatta schiacciante, la rovina dell'Impero, il governo provvisorio di Thiers e Gambetta e la Comune di Parigi, seguita da tentativi del medesimo genere a S. Etienne, come pure a Barcellona e a Cartegena in Ispagna.

Per l'Internazionale — per coloro almeno, che sapevano pensare ed istruirsi in base degli avvenimenti — queste sollevazioni comunaliste furono una rivelazione. Fatte sotto lo sventolare della bandiera rossa della rivoluzione sociale, che i lavoratori difendevano fino alla morte sulle loro barricate, queste sollevazioni indicarono quale doveva essere, quale sarebbe stata probabilmente, nelle nazioni latine, la forma *politica* della prossima rivoluzione.

Non la Repubblica democratica, come si pensava nel 1848, ma la *COMUNE, libera indipendente,*

Inutile dire che la Comune di Parigi s'era risentita della confusione che regnava allora nelle menti, riguardo alle misure economiche e politiche che bisognava prendere durante una rivoluzione popolare per assicurarne il trionfo. La stessa confusione che abbiamo visto regnare nella Internazionale regnava netta Comune.

Giacobini e comunalisti, vale a dire centralisti governamentali e federalisti, erano egualmente rappresentati nella sollevazione di Parigi, e là si trovarono ben tosto in conflitto. L'elemento più combattivo si trovava con i giacobini e i blanquisti. Ma Blanqui era in prigione, e nei capi blanquisti, borghesi per la maggior parte non rimaneva gran che delle idee comuniste dei loro predecessori babeuvisti. Per essi la questione economica era una questione di cui si sarebbero occupati più tardi, dopo il trionfo della Comune, e questa opinione essendo prevalsa fin da principio, l'opinione comunista popolare non ebbe il tempo di svilupparsi e meno ancora di affermarsi durante la vita così breve della Comune di Parigi.

In queste condizioni la disfatta non si fece attendere e la vendetta feroce dei borghesi impauriti dimostrò una volta di più che il trionfo d'una Comune popolare è materialmente impossibile se uno sviluppo parallelo delle conquiste sul terreno economico non appassiona la massa del popolo per la Comune. Per compiere una rivoluzione politica bisogna sapere occuparsi altresì della rivoluzione economica.

VISIONE

La notte dell'8 Marzo

Spettro – Autore

AUTORE

O spettro sanguinoso, parla, parla;
D'onde vieni, chi sei, da me che brami

SPETTRO

Orsù segui i miei passi,
Che gir m'è forza pel solingo piano
Finchè non sorga dal suo letto Aurora.

AUTORE

Ebben procedi;
Ma questa turba che s'accalca dietro
Di te, di sangue raggrumato intrisa,
Di tabe infetta e dilaniata a brani,
Alto tenendo una bandiera rossa?

SPETTRO

È la schiera
Vittima del furor de' Versagliesi.

AUTORE

E quel vessillo?

SPETTRO

Della Comune il sacrosanto emblema.

AUTORE

Salve gloriosa falange di prodi.
Che all'ideal la vita in olocausto
Offristi!... Salve fiammeggiante insegna
Che prostrata, risorgi ognor più bella!...
Ma tu chi sei, che ti lampeggia in volto
La fiera maestà del condottiero?

SPETTRO

Aspra fervea la mischia, e il mio drappello
Al cozzo resistea dell'inimico,
Che instava col valor del più possente!...
Tra il sibilare e il crepitar de' piombi,

Sbuffando a guisa di mastin rabbioso,
Nel folto mi gettai degli scherani
Seguito da colui che mi amò tanto.
E allor fatto bersaglio ai colpi avversi
Col cranio sfracellato a terra caddi...
Di Gustavo Flourens lo spettro sono!

AUTORE

O magnanimo spirto, alma ribelle,
Propugnatore e martire d'idea
Che m'ispira la mente e il petto infiamma
Riverente, ecco, a' piedi tuoi mi prostro,
E bacio l'orme tue, le tue ferite!

SPETTRO

Agli entusiasmi bando, intempestivi
Il so ch'al sacrificio hai pronto il core...

AUTORE

Martiri adduce dei martiri il sangue!

SPETTRO

Ahimè! T'inganni
Balde correan le Comunarde schiere
Della lotta ai cimenti e alla morte,
E nutrivano in cor fede sicura
Di fecondar col sangue un ideale,
E sorrideva lor la vaga speme
D'aver terribil dai figli vendetta.
Ebben già da vent'anni il pian deserto,
Corron raminghe inulte ed obliate!

AUTORE

O venerato spirto attendi
Che ben s'addestrino alla lotta i petti.

SPETTRO

Lotta non è la man che ti flagella
Lambir vigliaccamente, e la cervice
Davanti all'oppressor chinare umile.

Lotta non è oprar per i superbi
E appagar le loro brame ingorde.
Lotta non è l'un contro l'altro a furia
Arrovellarsi e dilaniarsi a sangue,
E se pur tal, indegno e fratricida.

AUTORE

O santo sdegno, o nobile furore!

SPETTRO

E intanto
Dal birro oppressa e dal borghese esausta
Impreca e geme la malnata plebe,
E all'opra, grida, all'opra, ch'io vi seguo!
Ma cincischia ogni duce, e non s'attenta,
L'invito de' reietti a lui non giunge,
Nè de' sepolcri il monito e il rimbrotto,
Nè de' potenti l'infernal sghignazzo.

AUTORE

Tal per un tempo...

SPETTRO

Ma fiacca gioventù, frollo gentame,
Imbolsiti nel vizio e ingaglioffati
Imbelle mandra sol dedita al ventre,
Non profanar la fe' dei Comunardi,
Di fango non bruttar la sacra idea
Che al periglio li trasse e alla morte,
Nè il subdolo ammantar col sacrificio!

AUTORE

Quale il gigante dell'antico mito,
Che il suol toccato, al tempestar d'Alcide
Ancor più ardimentoso il petto offriva,
Tal rilassato ed invilito alquanto
Più compatto risorge e più gagliardo
Lo stuol cui vostra morte vita diede.
Siam stretti intorno a tempra adamantina
Cui non valse a fiaccar di Caledonia
E di Porto Longon l'ansie e l'angoscie;
Che di Spartaco ha cor, di Gracco mente,
Martire in un apostolo ed eroe...

Amilcare si noma il campion nostro!

SPETTRO

Amilcare diletto,
Quale in vita l'amai, tal dopo morte
L'amo; tu mel saluta e me lo bacia

AUTORE

Spirto sdegnoso, adunque, or che ne pensi?

SPETTRO

45

A' tuoi detti
L'afflitto cor rinfrancasi, e la speme
Si rinnoverà di migliori eventi.

AUTORE

E vana non sarà, t'accerta.

SPETTRO

A voi gli assassini di Versaglia
Affidaro il trionfo della causa...

AUTORE

Il legato dei padri è sacro ai figli!

SPETTRO

E fate allor che sorga presto il giorno
Che pace, libertà, pane godranno
I calpesti, gli oppressi e gli affamati!
Ma vedo biancheggiar l'alba novella...

AUTORE

Magnanimo ribelle, addio per sempre!

SPETTRO

Ci rivedremo ancora,
Perchè a lottar con voi risorgeremo!

ROMAGNOLO

S. Alberto, 10 Marzo 1891